只要你不肯放棄死者
「它」就有復活的機會…

寄偶鎮

―給放不下的往生者

六色羽 著

天空數位圖書出版

序

還記得對自己蹣跚學步的孩子，放手的那一刻嗎？

為人父母的你，當時是什麼心情？

欣喜若狂？為他感到驕傲？還是幸福無比啊？

我記得當時看到孩子自己穩重的踏出第一步的片刻（這畫面讓人聯想到阿姆斯壯踏出月球的那一步），除了以上的感覺充斥滿懷之外，還覺得大大地鬆了一口氣！那一步，代表孩子脫離父母的開始，他再也無法完全在父母的掌控之中了。

孕育生命，是生物的本能還是責任？

如果是責任，那麼，我們生完孩子後，要把孩子養到多大，才能毅然決然的放下這份責任，讓他們自己獨立成長、放任他們自己去摸索這個即危險又競爭激烈的現實世界？

美國全國經濟研究所的經濟學家，曾針對基因進行研究：基因較差但高薪的家庭，父母畢業自大學的比例較高；反而那些雖然擁有天才基因的低薪家庭，父母能進入大學的比例卻偏低。

也就是說，擁有多金的富爸爸，比擁有好基因的高智商者，還容易成功。

這項研究報告讓人不服氣的頭皮發麻，但也道盡了天下父母為何寧可傾盡所有資源，也要將全部希望投資在孩子身上的

現象。孩子也因為殘酷的社會，被父母硬是壓進他們認為有益的框架裡，然後告訴他：這全是為了你好…但真的嗎？

　　我也是在那種框架中長大的孩子。從國小就有補不完的習、考不完的試，翻開書本，永遠也搞不懂書裡的黃金屋和顏如玉在哪？盲目的跟著社會的潮流和父母的期望讀書，青澀的年華不知不覺就在沈重的升學壓力之中流逝，學的全不是自己有興趣的知識和專長。

　　這樣的我在出社會後，拿著大學文憑繼續從事著完全不喜歡的工作，當然也不可能在那不感興趣的領域發揮所長，只是每天混口飯吃，白天入公司，下班時外面已一片漆黑，時間好像一天一天在被魔獸給吞噬，腦中和心靈，卻始終是一片空虛。

　　『歲月如梭』這句成語，活得越久，就越明白它形容的有多貼切驚悚！原來人生的十年如歷史書上的一頁，連眼都還來不及眨上，就已拈指一翻即過，不禁抖瑟瑟的自問：

　　我活著，每天庸庸碌碌的工作，目地是什麼？

　　世界因為我們的忙碌，變得一團混亂，還將近面臨末日的殘敗，為的又是什麼？

　　我們繼續以這樣略奪瞎忙模式下去，孩子以後的世界，會變成什麼？

　　如果人類活著，和大自然裡的所有生物一樣，只為了傳宗接代生兒育女，拋開其它衍生的多餘慾望，那生命的意義是不是就簡單多了？

回首自己走過的路，卻又看著自己的兒女也在走著自己以前曾走過的路，時光好像正在倒流在孩子的身上，內心的惶恐與焦慮交錯掙扎著，該如何讓他們茁壯卻又不重蹈覆轍而成此書。

　　　　　　　　　　　　　　　六色羽

目 錄

第１章

Downtown Train

電聯車叩隆叩隆⋯它正快速的一站又一站的跑著，窗外的景象飛快，連街燈都連成了一條條長長的七彩光影，在眼前幽晃而過。孫玟萱想起兒子曾經對她說過，看著火車窗外飛馳的影像，就彷彿自己的人生，過眼雲煙，什麼都抓不住。

「兒子，人生是無法再重來的，你這麼懶，將來不會害怕對不起今日的自己嗎？你為什麼就是不肯再努力一點？」

「我才不害怕對不起今日的自己，怕什麼？努力努力⋯」兒子鄙夷的嗤笑一聲：「人到頭來都是一死，幹嘛要活得那麼痛苦那麼累蛤？」

孫玟萱倒臥在坐位上，隨著夜色漸漸的加深，車上已經沒有半個人。想起兒子說過的話，她的嘴角浮上一抹淺得幾乎看不見的微笑，瞠得老大的雙眼卻始終槁木死灰盯著地板，眨也不眨，眼淚在她坐的長椅下聚成小小一灘水漬。

那些話好像是兒子昨天才向她說的，但卻再也聽不到了。

老公蘇正武那日的怒吼聲，又在她耳邊迴盪⋯⋯

「妳身為一個老師又怎樣？連一個孩子都教不好顧不到，自己的孩子變成這副德性，妳還有資格當老師嗎？」蘇正武氣急敗壞的抓起她的衣領大吼大叫：「告訴我為什麼兒子會被妳教成這樣蛤？」

蘇正武搖晃著老婆又哭又叫囂，拳頭還不時往她的頭上飛舞而去，頭髮跟著暴力瞬間噴散，雜亂的髮絲把她狼狽不堪的

臉遮得一團麻黑，打得她踉蹌節節後退。孫玫萱不顧也沒有回手，始終垂著頭、讓淚恣意的縱橫滿面，身體任由著老公拳頭往哪裏打來就往哪裏倒去，顛顛簸簸的像個稻草人一樣，神情更是比跳樓自殺、現在就躺在他們面前的兒子，還要像個死人。

　　兩個人自十二樓衝下來時，兒子蘇青河已經四肢以畸型的方式，扭曲的躺在路中央，後腦勺摔成了粉碎，黃白色腦漿和血自人行道橫流到柏油路上，最後滴答滴答的流到下水道的人孔蓋裡去了，人已經沒有了心跳與呼吸。

　　警方在青河的書桌上找到一封遺書，可見那天早晨，他早就預計要從家裡十二層的大廈跳下去。遺書是徹夜寫的，因為上面還特地簽下時間和日期，他是不是本來晚上就打算尋短？卻因為對於他們還有所期待，所以猶豫不決了一個晚上、遲遲沒有動手？卻在早晨和他們吃過早餐之後，毅然決然的一躍而下，結束了年輕的生命？

　　但為什麼？那天早餐他們對他說了什麼話才會讓他失去了理智？他可是好不容易才剛從研究所畢業，他的人生，才剛開始啊！

　　她就只記得兒子如往常一樣，窩在餐桌上，靜靜的啃著吐司的模樣，卻記不得自己或老公有對他說過什麼話？畫面每次來到兒子向陽台突然衝去的瞬間，就會變得一片慘白，然後天空有嗡嗡作響的警報聲，撲天蓋地的罩著她的腦門揮之不去。

　　警方用充滿責備的眼神，將那封遺書交到一臉呆滯的她手中，她才從一陣迷霧中回到現實，手腳發冷的癱軟於地，萬念俱灰的罪惡感一股腦的襲上。

　　一個警員搓著頭頂抱怨的說：「這寶皇大廈高級住宅區附近，最近是招惹了什麼冤魂？昨天才處理一件，今天又一件跳樓的。」

　　另一個則撇撇嘴表示無可奈何，遇到了只能處理，他們將殘破不堪的青河裝進裹屍袋裏，拉上拉鏈的聲音，像天邊的打雷聲，狠狠的在孫玟萱的胸口開了一個口子。

　　孫玟萱一片昏天暗地，低頭打開那封遺書，信中寫著：

　　「我為何這麼不幸才會當上你們的兒子？來生別再讓我遇到你們，你們這兩個勢利的混蛋，不如一起下地獄吧。

　　這世界是讓人那麼的絕望，不僅親情，即使是愛情，也是可鄙的謊言。」

　　她是混蛋！兒子居然那麼說自己？她為他付出那麼多年，在他心裏卻是個混蛋！她崩潰的放聲大哭！

　　那一幕直到現在仍不斷在她的眼前一次又一次的重覆播放著，彷彿唯有這樣才能再次和兒子聯繫上，才能想清楚究竟發生了什麼事？還有究竟哪裡出了差錯，才會讓兒子選擇走上那條如此極端的路？

　　青河為何恨她？為什麼？

　　為了照顧他，她可是費盡心力，他卻恨她恨到去死，為什麼不恨他爸就好，非要連這個生他、養他的母親也成了罪人？她這麼多年來為一個孩子的付出與努力，究竟是為了什麼？

　　沒想到打腫臉充胖子，老公一升職，他們一家立刻搬來的高級住宅區附近，卻成了葬送兒子之地！本想吸收這裏的財富地氣，看能不能幫兒子招來助他一臂之力的好媳婦的。

　　越想，孫玟萱的腦子裏故障的線路卻越多，最後像完全失去了畫面的電視影像，只有黑白交錯的電流通過，已經不知道活著是什麼滋味？

　　車頂突然一陣叭叭叭的聲音，停了好幾站都不再響起的廣播，此時傳來低沈無比的列車長嗓音：「各位旅客，本次列車的終點站天鶴山已經到了，請所有旅客準備下車，下班列車，於明早五點準時於本站開車，謝謝您的搭乘。」

　　孫玟萱了無生氣的坐了起來，茫然的看著窗外，車子正在減速，一盞盞的路燈因為速度的減緩，形狀都在回歸中。

　　車子終於全然停了下來，孫玟萱才緩緩的走下車。她才一踏上月台，車站的燈就從遠方的遮雨篷一路滅了過來，最後連收票口處也已經空無一人，孫玟萱沒被任何人查票，便獨自逕直的走了出站。

　　四面的死寂迎頭罩來，前方更是杳無人煙的芒草小徑，火車站日式時代設計的屋簷，如巨鳶張翼，森冷的盤距在她的頭頂上空，一輪明亮的彎月，纏著一縷如薄翼的烏雲，若隱若現。

　　但是這些宛如隨時有鬼魄出現的詭異夜景，孫玟萱卻視若無睹，她腳步沈重、目光呆滯的走上夜色蒼茫的山林小徑。

　　因為她的腦袋裏有個聲音一直在告訴她：天鶴山裏有能帶兒子回家的方法…

第 2 章

你是媽媽的驕傲

月夜下漆黑的天鶴山，這時騰起了薄薄的霧，像是在叫喚出孤魂野鬼的開場白。茫草颯颯伴著幽幽嗚咽的山風，冷冽刮在她身上如刀割，孫玟萱卻依然如同行屍走肉的沒有被喚醒，獨自深入芒草中荒涼的羊腸小路裏。

前方終於出現了一個現代化的物品，一根聳立的電線杆。它上頭紮著一盞晦暗不明的日光燈，電線杆上貼著一張白紙，孫玟萱恍然抬頭，遠遠就清楚看到上面用毛筆寫著：

信我者永生，不信者下地獄。

妳也和我一起入地獄。

那句話又如一道閃電在孫玟萱腦子裏打來，她身子一怵、駭然的向後退。

青河也希望她一起下地獄，償還她沒有善盡為人母親的責任。她再次抬眼『妳也和我一起入地獄』那行字已乍然消失不見，獨留信我者永生…

心裏的苦楚再次湧上，她真的沒有盡到一個母親，該盡的責任嗎？

鼻子一酸，眼淚又噗哧的自眼眶滾落，直到現在，她還是不想相信她已經和兒子天人永隔了。自從青河呱呱落地後，她的心，哪一時刻不是掛在他的身上？

想起襁褓中，躺在她懷裏的柔軟青河，奶味香頓時都充滿鼻翼⋯

孫玟萱滿心歡喜抱著青河站在精心佈置的嬰兒房。房裡的牆壁，一面貼滿了各式各樣奇幻動物，其它面則是神秘的宇宙和星河，許多三 D 立體圖型的小行星，還自天花板垂掛而下。

她要她不到兩歲的小青河，能夠認識太陽系的九大行星。

當小寶貝房裏的燈關上時，那些美麗的玩具和壁紙，都還會像銀河那樣發亮，這些設計，說不定會激發兒子當上科學家或天文學家的內在潛能吶。她開天關地的幻想著。她的青河，絕對是了不起、與眾不同的孩子，她也為自己的精心佈置感到十分的驕傲。

她幾乎都已經可以看到那些來她家聚會的親朋好友們，各個目瞪口呆的看著年紀小小的青河，指著那些行星、朗朗上口的說出它們名字的驚嘆模樣！

她早就等不及要聽那些人對她的稱羨：不愧是高中老師和上市公司總監的兒子啊！妳兒子簡直就是天才！

這時，青河不耐煩的大哭了起來，狠狠的將孫玟萱給拉回現實。懷裏兒子的哭聲，卻細小的宛如一隻羊羔般的柔順，一點氣壯山河的魄力也沒有。

孫玟萱不禁皺起了眉頭有些擔心，這是一個男孩子該有的哭聲嗎？連隔壁家的女嬰都哭得比他還要宏亮，過了三條街了

都還聽得那女娃的尖銳的哭聲。這青河是怎麼一回事？哭起來好像小鶵鳥在叫，該不會是肺活量出了什麼問題？

但是寶寶定期檢查時，醫生老是叫她不需要太在意，因為孩子很健康。但醫生的安慰仍撫平不了她的疑惑，或許應該是醫生太平庸，是不是要另請高明才好。

於是她開始到處詢問哪個醫生好，能夠幫她糾正兒子的肺活量？

忙得不可開交的蘇正武也介紹了她幾個醫生去看，夫婦倆花了好大一番苦心，但兒子哭聲的氣魄，卻沒有跟著所費不貲的檢查費而有半點改善，讓孫玟萱的心涼了太半。

這是兒子第一次讓他們覺得失望。而老公，也把一切過錯全算到她頭上。

料峭冷風將孫玟萱拉回神…

她匆促的腳步被一個不小的石子給絆得往前一倒，重心不穩的膝蓋先著地，地上崎嶇的石子狠狠的將她的膝蓋給磨破了皮，隱晦暈紫的路燈下，她都能夠看到膝蓋一片的血肉模糊，還滲出了血來。

心裏的傷卻讓她一點都不覺得痛癢，她麻木不仁正想要站起時，一陣不小的晚風橫掃過來，掃歪了她身旁及膝的芒草，她霍地被芒草裡蹲著的一個人給嚇得六神無主，往後又跌坐於石子地上。

她愣愣的瞪著草裡的那個人，他穿著淡藍色有點褪色的上衣，低著的頭上，戴著一頂黃金色的草帽，手裏還拿著一把深藍色的雨傘。重點是，他究竟三更半夜蹲在一片芒草中在幹什麼？況且天空萬里無雲，他還拿著一把傘！

孫玟萱這時才自恍神的哀傷中醒了過來，宛如現在才從火車站回魂到身體裏面。她抬頭看看四周又看向遠方，兩旁除了鬼魅般的大樹在向她招搖，印入眼簾的全是芒草。

我怎麼會在這裏？

而且天色竟在不知不覺中已經這麼暗了！她得趕緊找路回家才行。她的目光再次定在蹲在地上的那個怪人。

「請問一下…」孫玟萱有些膽怯的問他，兩人僅隔著三步遠的距離：「這裏是哪裏？我要怎麼走到大馬路上？」

孫玟萱問完後愣在原地半天，那個人卻保持同樣的姿勢動也不動的一直杵在那兒，連看她一眼都沒有，更別提回答她。

孫玟萱越看他越覺得不對勁，他蹲在那兒不但姿勢怪異，行逕也很怪！

他詭譎低沈的抖音，突然劃破死寂，自那把傘裡傳出：「孩子沒在河邊玩…我找不到她…」

讓人毛骨悚然聲音，讓孫玟萱向後退了兩步，最後二話不說的拔腿就跑。

那個人究竟在那荒涼亂草間幹嘛？他是不是一個瘋子？

寄偶鎮
一組放不下的往生者

第３章

公車站裡的「人」

孫玟萱頻回頭，深怕那個草叢裡的怪人跟了過來，跑了一小段，身後卻連隻野狗的蹤跡都沒有，她彷彿連蟲唧聲都沒有聽到。

剛剛被嚇了一大跳後，膝蓋的挫傷終於開始又麻又灼熱的知道了疼。

她跛著腳又走了一小段路，眼前恍然是芒草小徑的盡頭，孫玟萱簡直是鬆了一口氣，鼓動勇氣加快腳步前進，一道白色的影子卻在那出口幽晃而過，然後瞬間沒入了芒草，孫玟萱立刻滯住了腳步。

剛才那是什麼？

很像是一個人跑了過去，但模樣…更像一隻揮舞著雙手的猴子跑了過去。

一個穿著白色衣服的猴子嗎？

牙一咬，她還是不得不走出小徑，到了出口，她有些膽戰心驚的左右一陣探望後，才踏出較大的馬路上。結果，馬路一邊依舊是松木林立，另一邊還是高過頭的芒草。剛剛那一晃而過的身影也不見在大馬路上行走，該不會是她的錯覺？

孫玟萱隱隱約約看到荒涼的山腰下，好像有一盞隱晦的燈在前方閃爍著，終於又有一點人煙的跡象。

膝蓋被冷風吹得越來越乾越痛，她像趨光性的昆蟲般，不顧一切的往那盞忽熄忽滅的路燈走去。

　　越接近那盞燈，她越是興奮，原來那盞昏暗的日光燈來自於一個ㄇ型的公車亭，這樣她要離開這荒涼的深山僻嶺就容易了，也不需要再延路走回那陰冷的小徑。

　　亭裡有兩個農夫打扮的人，男的又高又瘦站在柱子旁，手裡還拿著一個好像鋤頭的長棍；另一個胖胖的婦人，則坐在長椅子上背對著馬路，兩個人都在等公車。

　　現在是幾點了？

　　這個想法突然湧上，若是有人在這個時間點等公車，那麼也就是說，車子應該是快來了。她環顧了一圈周圍的山脈，她好像真的在不知不覺中，來到了很深的山區裏了，印象中，剛剛她下的就是末班火車。今晚很有可能趕不回去了，先坐公車到市區找個落腳的地方才行。

　　她自包包裏掏出手機，原來才晚上七點鐘而已！沒有路燈的鄉野山林，讓人完全忘了時間的存在，以為夜已經很深很深了。

　　手機快沒電了，訊號更是一格都沒有！危機意識現在才開始湧起，似乎有點慢了。

　　她更加速的走向已近在咫尺的公車站，一直深怕走得太慢公車就已經比她先到站，然後撂下她便呼嘯而過，而那班也許也是今晚的末班公車。

但就在接近公車站前一公尺處她就被詭異的氛圍給滯住腳步。

公車站下的兩個人在日光燈的照耀下，一張臉，慘白得好像微微發著青光！站著的那個，還瞪著兩顆黑如墨的眼珠子，炯炯有神的盯著她；側面對著馬路而坐的婦人，則紋風不動的仰頭睍望著前方的山脈，只隱約看到她的側臉。她膝上退了色的裙擺，在山風吹來時，微微的飄動著，有些蒼白肥潤的手，一直都壓在裙子上。

孫玟萱有些不知所措，她不太想靠近公車站，那兩個人臉上的眼睛，空洞又無神，完全沒有人該有的血色和靈魂！

那麼他們…是什麼？剛剛在芒草間晃過去的白色影子，是他們嗎？

孫玟萱已經別無選擇，她不能支身待在這深山裏過夜。

為了不引起那兩人太大的注意，她故意裝作若無其事悄然的走到公車站旁，抬眼看站牌，上面僅寫著 52 號，就什麼訊息也沒有標明了！

孫玟萱慢慢的往站下再靠近一些，情不自禁的偷偷瞟了瞟那個拿著鋤頭的農夫，想問他這公車開往哪？沒想他深邃的兩顆大眼睛，竟也剛好從右而左的轉了過來緊盯著她一舉一動，似乎也同她一樣猜想著：她要去哪裏？

死寂的站下突然傳來：「妳都要上大城市去看女兒，還穿得那麼寒酸也不打扮，好歹上個口紅嘛。」

那如頌經般呢呢喃喃的話，帶著濃厚的地方口音，好像是那個站著的男農夫說的，但她卻自始至終都沒見到那個男子的嘴巴有張開說話啊！

孫玟萱不禁身子一抖，緩緩的回頭，還是…農夫身後的婦人說的？

但是，孫玟萱確定剛剛聽到的，是男人低沈的嗓音。

孫玟萱嚥嚥口水，後方也突然傳來如頌經般呢呢喃喃的女音：「老了，還要擦什麼口紅？不害臊啊？呵呵呵…」

孫玟萱慢慢回頭，看向身後抬著頭的婦人一眼，她這時才發現，兩人的姿勢從剛剛到現在，連變都沒有變過的讓她悚然一凜。

孫玟萱倒吸一氣，這兩個人說的有多讓人頭皮發麻就有多讓人發麻！她攥起拳頭，決定要鼓起勇氣試試這兩個人究竟是不是人？

她硬著頭皮問他們：「請問這台公車開往哪裡？」

「妳都要上大城市去看女兒，還穿得那麼寒酸也不打扮，好歹上個口紅嘛。」

「老了，還要擦什麼口紅？不害臊啊？呵呵呵…」

　　他們像留聲機反覆說著同樣的話，身子瞬間涼了半截，孫玟萱嗅聞到不對勁，慢慢的向後退，然後再次二話不說的拔腿就跑…

第４章

詛　咒

孫玟萱一步都不敢停歇的跑在馬路上，直到她看到前方出現了簇擁錯落的房子，她一顆不安的心，才終於落了下來。

剛剛在公車站下和草叢間拿傘的究竟是什麼東西？她不會是真的遇到鬼了吧？心頭涼了太半，她一時間也理不出個所以然。

她看見前面不到五百公尺的地方，座落一棟兩層樓的透天房子，她決定要到那民房裡尋求幫助，至少詢問這附近哪裏可以住宿？那座房子的二樓，在月光下發著微微的紅光，應該是神明燈，那麼代表那裏有人住。

孫玟萱突然滯住腳步，月光下一個矮小的身影突然停在前方的馬路上，那身影穿著如芭蕾舞衣，下身有一團參差不齊的白色蓬蓬裙，看起來有些破爛，腳下還配著一雙黑色大皮鞋，和黑色及膝長襪。

那是什麼奇怪的打扮啊？孫玟萱眉頭一緊，那個怪模怪樣的小矮人，好像也正注視著孫玟萱。詭異的是，他的四肢在月華下瘦得宛如枯骨，手上還拿著一枝綠色塑膠棒，棒子上頭發著跟神明燈一樣的紅光，一閃一閃。

看他的身形和舞裙，會是個小女孩嗎？

就在孫玟萱搞不清狀況時，小女孩有些手腳不聽使喚的奇怪姿勢，一溜煙的跑到對街的小巷子裏，消失的無影無蹤。

　　難不成剛剛在芒草區看到一晃而過的身影就是那個小女孩。好個調皮的孩子，連跑步都不以正常的方式在前進，好像一具壞掉的人偶，但她怎麼那麼晚了，還奇裝怪服的獨自在街上亂跑？鄉下的孩子，果然都比較無拘無束是嗎？

　　孫玟萱不疑有它繼續走，終於來到第一棟房子，它的前方有道高過頭的灌木牆擋著，她聽到自牆內傳來不少聊天的嘈雜聲。

　　那些聊天聲，使孫玟萱一路上忐忑不安的心大為振奮了一點，迫不及待的繞過那道牆後，裡面好不熱鬧啊！有一排人坐在屋簷下的台階，當中有一對夫婦、兩個老人和二個孩子。其中一個孩子被婦人抱在懷裏，她低頭在逗弄襁褓中的孩子笑，鞋子任意的撂在台階下，一家人和樂融融依偎在一起。

　　但與其說他們彼此依偎著，更像是彼此堆疊在一起…暈紫色的月光讓那一家人籠罩在霧氣茫茫中，身後的紙糊拉門上，還印著他們有些東倒西歪的影子，像任人擺放在那兒的櫥窗展示品。

　　孫玟萱往前想要和他們打招呼，但才靠得更近一點，她就發現那些人臉上輪廓雖然生動，但鬼影幢幢的陰翳感就是讓人不寒而慄，還隱約透著死氣沈沈的青光，和剛在車站看到的人一樣！

　　依歪～依歪～

銳利的聲音頓時響徹雲霄，直直的鑽進夜路人的心尖。

孫玟萱看向聲音出處，一個兩人坐的盪鞦韆突然使勁的搖晃了起來，她定睛看得更仔細一點，原來是有兩個孩子坐在裡面。那兩個孩子的手臂都攀在鞦韆的欄杆上，身子卻如癱瘓的模樣躺在鞦韆上，臉上似笑非笑的表情更是奇怪，因為笑容裡竟感受不出他們的喜怒哀樂。

僵屍…嗎？

孫玟萱原本不想往那方面去想，但他們，真的好像就是那種東西…好像靈魂被抽走了一樣，只剩下軀殼的物體。

這想法如觸了電，她的毛瞬間全束立了起來，轉身就跑出了圍牆外。

索性那些僵屍好像不太喜歡追人，因為從一開始到現在，發現了她這個生人出現之後，沒一個追來攻擊她，和電影裡演的情節不太一樣。

這個村鎮，該不會是遭遇到什麼病毒侵略？每個人才會變成那樣呆板、慘白？

那她是不是也會被傳染？她有些不知所措的背脊發涼。

但在電影裡，即使整個城市全軍覆沒了，也是會有生人活下來。

那麼，活人究竟都躲在哪？

　　前面的馬路越來越窄、也越來越陰暗，孫玟萱愣在那兒不知是否該繼續前進？還是乾脆原路走回火車站，離開這個詭異無比的地方？

　　但是，她實在是沒有勇氣走回剛才漆黑無比的深山，再走回那片芒草漫生的荒原，若非當時下火車時，還沉溺在失去兒子的傷痛之中，她是不可能獨自踏上那樣可怕陰暗的路走來，她寧可在火車站過一宿。

　　孫玟萱倒吸一口氣繼續走，兩旁盡是矮小破舊的平房，最高都不過兩層，但她不想再隨便進民房找人，就怕又遇到同樣蒼白的行屍走肉，她也不知道那些人會不會突然變異，抓起狂來如僵屍那樣的咬人？

　　死寂的夜裡突然傳來尖銳卻細柔的女歌聲，她唱著：來、來、來這兒，寄下你放不掉的思念……

　　毫無抑揚頓挫的音符，在她蜜蜂震翅般的聲音裡不斷的重複著那句歌詞，孫玟萱尋聲抬頭看，在她左側較高的二樓窗戶上，站著一個長髮女孩，她的房間沒有開燈，微弱的路燈只照在她的嘴巴和胸前。孫玟萱感覺她正一開一闔的嘴巴兩側，好像有兩道奇怪的接合線，將那張嘴很不自然的拉扯著。

　　她突然尖叫：快跑——快跑——

　　孫玟萱被她那如殺豬的尖叫聲嚇得心臟差點沒跳出來，還沒搞清楚就魂不守舍的拔腿再跑。

路不知不覺到了盡頭，孫玟萱轉了個彎，迎面就一個背對著她的高大男人，索性她在距離他不到幾吋的時候緊急剎車，沒有撞上那人，狂跳的心臟，真的要自嘴裏嘔出來了。

孫玟萱忙不迭的小心翼翼向後退，退到離那男人老遠的地方。這是她第一次差點摸到他們，頭皮一波又一波的發麻。

眼角餘光，被小巷弄內一個刺目的白色飄動物給吸引，她警戒的轉眼探向那裏。一個包著白色頭巾的人，背對著她坐在一把鐵椅子上，頭巾在那個婦人的後腦勺下方打了一個結，沒包緊的角落隨著風飄啊飄，她身旁堆滿亂七八糟的雜物。那婦人還一身黑衣，偌大的白色頭巾把她整顆頭都罩住了，好像辦喪事的人披戴的，低著頭，不知道在忙什麼？

整條漆黑髒亂的小巷子裏，只有她嬌小的身子，更顯得詭異無比。

她不知道那是不是"活人"？

孫玟萱遠遠繞過剛剛差點撞上的男人，他看起來好像有事走在街道上不知道要去哪裡？但實際上卻一動也不動，很像他的時間被瞬間吸走了一樣。

孫玟萱很害怕他會突然張牙舞爪向自己撲來，但即使真會發生，她似乎也無處可逃，這裏的巷子是深山景點裡的老街，又窄又小，她年紀也不小了，要如何跑得贏僵屍？

　　她這時發現有座偌大寬敞的建築物，就在她的左前方山坡上，那棟建築有成排的玻璃窗在月光下折射著晶光閃爍，應該是醫院、不然就是學校吧？

　　那裡一定有人！災難發生時，活人通常都會群聚在學校或活動中心不是？

　　孫玟萱迫不及待的往那裏跑去一探究竟？

　　吃力的爬上石階，遠遠的，就見到一個穿著藍色長褲、腳套著黑色雨鞋的人，緊貼在一道玻璃窗上向內看。

　　見那人栩栩如生的背影，孫玟萱簡直是喜上眉梢，活的人果然都躲到活動中心去了。

　　還未接近那人，她就迫不及待向他喊道：「您好，請問一下，這裡有什麼地方可以借住一晚的嗎？」

　　她氣喘如牛的終於走到了那貼著玻璃窗的人身旁，她又接著問：「這裡究竟發生了什麼事了啊？一路上的人，怎麼感覺都怪怪的？」

　　同時，她忍不住好奇的跟著他一起緊貼於窗上向裡邊看。裡面開著小盞的黃燈，對應著外面的路燈和明亮的月光，看得出有好多人群聚在這個活動中心裡！

　　活動中心被許多彩球和裝飾品佈置的宛如正舉辦嘉年華會，所有人或立、或站，甚至於有一小群人穿著彩衣、手持扇子，在廣場中間跳舞，好不熱鬧。

這個時間還那麼多人在跳舞！

孫玟萱看著看著不禁吞吞口水，看那些人好像正在跳舞，但他們全都一動也不動的僵在原地！

她猛得把臉抽離玻璃窗，與其說他們是僵屍，倒不如說他們更像是靈魂被禁錮在木偶身體裏的人屍，好像被上了法咒，動彈不得、也出不了軀殼！

孫玟萱心驚膽跳的將視線自裡面緩緩拉回玻璃窗上，那裏反射出站在她身旁那個人的臉，臉此時給她一個如黑洞般的微笑，她心驚動魄的望著那血盆大口驚聲尖叫，向後連退了好幾步時，剛剛那個穿著奇怪芭蕾舞衣、瘦如骷髏的人竟迎面向她跳來，她揮舞著手腳頓時一個踩空，身後是一個幽深不見底的山谷。

第５章

媽媽還沒回來嗎？

孫玟萱睜開眼睛，昏暗的屋頂上木樁交錯，有幢幢的人影，被燭火拉成奇怪的剪影，在天花板上跳動。孫玟萱將視線轉到影子的主人身上，竟是青河，他就坐在她床邊。

青河！是青河！

孫玟萱自床上蹭坐起來，不由分說的將床邊的兒子一把抱入懷裏，幾乎是呼叫而出：「青河！我的寶貝啊！」

她椎心刺骨的喊著兒子的名字，真的是他，不是那個支離破碎的兒子。

他推開媽媽，自口袋裡拿出一張被折得皺巴巴的紙，滿臉喜悅的邊打開那張紙，邊對她說：「媽，你看，我終於拿到碩士學位了！」

貴重的碩士畢業證書，竟被他折得亂糟糟的亮在她眼前，她有些不悅的眉頭蹙了起來，怎麼可以這麼不珍惜那張得來不易的畢業證書呢？

兒子異常興奮又急促的呼吸聲，卻充斥著整個小房間，他在等著孫玟萱誇讚他。但孫玟萱卻覺得很不對勁，那張文憑他不是早在二年前就拿到了，怎麼感覺他好像才剛從碩士畢業一樣？

仔細又定睛看了看兒子的臉，他好像的確瘦了一點，完全就是那時在讀碩士時的模樣，不是已經出了社會成熟的樣子。

這時孫玟萱覺得自己的雙手怎麼一陣濕濕黏黏的？她低頭驚悸的看著自己的雙手，兩隻手全是暗紅色的血，這是怎麼一回事啊？

青河低沈的嗓音，此時乍然在一片死寂裡叫她：「媽──」

那聲音仉長的宛如死不冥目的冤魂在鬼獄呼喊，孫玟萱毛髮直豎的抬頭看向他。

「媽…那畢業證書一點也沒有用啊！」青河邊說邊拔起自己濃密的頭髮，一大撮一大撮頭髮像草一樣被他自頭皮拔起，最後竟連整片腦袋骨都被他給拔下，孫玟萱瞠目結舌的放聲大叫：「青河住手！別那樣，住手！」

「妳騙我，那畢業證書，只是讓你們用來炫耀的廢物，我根本就無法靠它找到任何工作啊！根本找不到！」他不但沒有住手，兩手最後掏進掉下來腦袋骨的腦袋裡，將裡面的腦袋硬生拔了出來，丟到孫玟萱膝上，孫玟萱歇斯底里大叫。

一道白光打進，刺目的陽光，撒在孫玟萱疲憊不堪的臉龐上，她猛然自床上蹭坐而起，茫然的望著完全陌生的房子！

這裏…是哪裏？

青河！我的兒子啊！為什麼不乾脆別讓我醒來？

失去兒子的椎心刺痛，又讓孫玟萱放聲痛哭了起來。心裏好像有一個潘朵拉盒子，在她還沒打開盒子放出災難之前，裡

29

面就還有一個希望存在。她想起來了！自己就是跑出來尋找那個希望的，她知道她會找到讓兒子解脫的方法，並帶他回家。

哭到筋疲力盡後，孫玟萱才開始注意自己所處的地方。

房子是個平房，四面白色的牆壁有許多地方都泛了黃，油漆也都脫落了，櫃子上擺滿了陶瓷製作的罐子，有些上了豔麗的色彩，很有印地安人和原住民的風味，房子的擺設和佈置，也頗具巧思。

「醒了啊？」一個乾巴巴的老婆婆站在窗戶旁突然開口問她，她好像老早就站在那兒，剛剛的日光就是從她拉開的窗簾射進來的，只是她老得萎縮又成灰白的身子，和牆壁幾乎成了一色，讓人完全忽略了她的存在。

老婆婆咖啡色帶點黃的臉露出一抹微笑，密密麻麻的皺紋和老人斑瞬間全擠在了一起。她背上凸出一塊尖尖的脊椎骨，讓她整個人看起來簡直是對了折，連走路都替她覺得很辛苦。但老婆婆的步伐卻十分的矯健穩重，整個人看起來神清氣爽的很有活力。

孫玟萱看到她的第一個想法，這婆婆究竟幾歲了？

老婆婆面容慈祥的站在床頭問她：「肚子餓了嗎？」

孫玟萱搖搖頭，一點胃口都沒有，反問婆婆：「老婆婆，我怎麼會在這兒？」

30

「我今早開門，就發現妳昏倒在我家門前，我和隔壁的阿春嫂可是花了好大的勁，才一起將妳給抬進來的。」

孫玟萱不好意思的說：「不好意思，給妳們添麻煩了。」

「沒事沒事，別想那麼多，先吃早餐，早餐很重要的…」

見婆婆很執意，孫玟萱黯然的點點頭。但她想起昨晚一路上看到的奇怪景象，忍不住的又問：「老婆婆…能不能請問一下，這村鎮裏的人…」她遲疑的頓了一下，思索該怎麼問才比較不感到唐突與尷尬？

老婆婆眨了眨幾乎要被皺紋給淹沒的眼睛：「鎮裏的人怎麼啦？」

「他們是不是生病了？」孫玟萱終於一股作氣的問。

「生病？」老婆婆不僅身體看起來硬朗，肺活量也很大：「我們這鎮裏的人啊，不但健康，還都很長壽啊。」

「長壽？」難不成她昨晚看到的人，都因為活得太老，才會面目和行動都僵硬的嗎？

不對！她在進這村鎮的第一間屋子和活動中心裏，也有看到小孩和中年人。雖然，大部份真的都是老年人。

老婆婆又感慨的說：「只是啊…我們雖然長壽，但鎮裏的年輕人都留不住，一個個的往外走了，留下來的，不是生病、就是小孩，再來就幾乎都是我們這些老人，以前村莊裏還將近快六百人，現在啊，只剩下不到二十人，鎮民快要絕跡了。」

31

二十人！那數字讓孫玟萱嚇一大跳！人數也太少了吧！

老婆婆眼裏透著悲涼的神情，慈祥的笑容，卻一點也沒有改變。那笑容，把孫玟萱昨晚看到的詭異現象，都給拋到九霄雲外去了。多日來的悲傷和疲憊，才會讓她產生昨晚那些幻覺吧？

「我把早餐放在外面廚房的餐桌上，妳若是肚子餓了，就自己去拿來吃，不要客氣，我要到田裏忙了。」老婆婆步履蹣跚的邊說邊向房門外走去。

到田裏忙？孫玟萱詫異的緊盯她崎凸的背，她這麼老了，還要下田啊？難道沒有兒子或女兒幫她嗎？她眼睛掃到對面櫃子上，那裡放著一張穿著軍服男子的英挺照片，不知道是她老公還是她兒子？

但照上男子那身英挺的軍服，看起來很像二戰時期日軍穿的，以時代來看，應該是老婆婆的老公吧？

自己居然在可憐老婆婆。她失去青河之後，無依無靠的將來，不也一樣成了孤家寡人一個了嗎？她似乎也注定要孤老一生了。

不禁又悲從衷來，老婆婆這時卻突然折回頭，出現在房門口跟孫玟萱說：「對了，活動中心今天早上有活動，妳可以過去那兒走走蛤！多出門散散心，就會遇到妳意想不到的事…」

老婆婆打斷了孫玟萱悲傷的情緒。

　　老婆婆折回來叮嚀的話，竟讓孫玫萱頓時將她錯認成自己的母親？

　　她和她的媽媽向來就不合，每次說不到一句話，兩人就一定意見不合的大吵起來，最後都是火爆收場，她甩門把自己鎖在房裏，她媽繼續在門外咆哮。

　　她討厭自她媽媽嘴裡嘮叨的每一句話！更討厭老媽自以為是的管她。

　　為了遠離老媽，她拼死拼活的讀書，就是為了考上遠一點的好高中，找藉口搬到宿舍住，就是不肯和母親在同一個屋簷下過日子。婚後，她更少回去探望，連媽媽獨自在家裏嚥下最後一口氣，她都沒回去見到她最後一面。

　　為何此時，她會突然想起那個幾乎被她遺棄的母親？孫玫萱竟有種想吐的感覺。母親遺體在公寓裡發臭發爛的模樣，又傳導在她腦海中，連當時的腐屍味都清晰的充滿鼻翼裡！

　　當她看著媽媽腐爛成巨人狀的遺體被裝進裹屍袋裡時，她唯一的想法，居然是『她終於走了』、『她終於結束了她如悲劇的頹圮人生』，那種如釋重負的感覺，連她都不敢置信自己面對母親的死亡，竟是如此的冷血！

寄偶鎮
一縮放不下的往生者

第 6 章

那熟悉的聲音是誰？

想起小時候，大概才剛上小學的那段時間，孫玟萱常常站在家裏玄關、每天等著媽媽回家⋯

黑夜又籠罩下來了，但她還沒見到媽媽，她感到無助與害怕。

她哭喪著臉問爸爸：「媽媽還沒回來嗎？」

「還沒⋯」剛下班回到家的爸爸，坐在玄關脫著鞋子回答她。

身後頓時好寧靜，爸爸乍然回頭，看到女兒的淚光噙在眼眶裡打轉，稚嫩的臉上，滿是失望。

媽媽總是不在家，從孫玟萱符合托育資格開始，媽媽就認為她已經長大，不斷以工作為由，將她白天丟給托嬰中心、晚上丟給褓姆或老爸兼職帶，再也不想負上照顧她的責任。

她一開始還會傻傻的、殷殷期盼媽媽像其他同學的媽媽一樣，到幼兒園接她；暗夜也常緊盯著房門，渴望媽媽會進來擁抱她，在額頭給個吻跟她說晚安。但那些希望，卻只是她的幻想，從來也不曾發生過。

等她更大一點，晚餐總是在安親班以便當解決，直到她小學畢業，才終於明白原來不需要媽媽的陪伴，她也能好好的活得下去。她常常把心事都往心裏埋葬或只和唯一的死黨說，因為爸爸也是個沈默寡言的人，從來不聽她說話，也笨拙於和人談心事。

母親在她十五歲時任職的公司倒了，也因此沒了工作，反倒成天在家和她吵架。為了報復媽媽，只要媽媽說什麼她就刻意唱反調。反正以前她不要她，她現在也不需要聽她的話，她早就養成了獨立自主的個性，現在她都長大了，她才想到要盡為人母親的責任，太晚了。

但說穿了，其實媽媽只是老了怕寂寞罷了，管她也不是為了她好。

寂寞？她一路成長哪天不是獨飲著寂寞孤單長大的？那樣的母親也沒有資格向她說寂寞。

後來孫玟萱才知道，原來母親在那間娛樂公司裡，根本不是什麼高級主管或經紀人，她只是那間傳播公司裡的一個小有名氣的舞者、兼跑龍套當客串的演員而已。母親在二十出頭得過一次全國性舞蹈大賽，那時的她，鋒芒畢露人氣鼎旺，但在那之後不管媽媽再怎麼努力求取功名和機會，都再也沒有什麼成績出來。

從母親身上她領悟到，追求藝術、或舞台上發光發亮那些途徑，根本就是一條比泡泡還要虛幻不實的死路，但母親依然不顧一切的投入，讓孫玟萱深深感到她的自私比大海還要來得深不見底。

她根本不配當人母親，想起為了虛榮而拋夫棄女的媽媽，孫玟萱總是嗤之以鼻。

　　但是說到『為人母親！』這個角色也讓孫玟萱的心如萬箭穿心，她似乎也不配為人母親！

　　只是她不明白，自己已經盡量不步上母親後塵，盡心盡力的細心呵護孩子長大，結果卻反而把事情弄得更糟，那又到底是怎麼一回事？

　　想到這裡，兒子要她下地獄的傷又再度撕開，記憶又深又痛楚的再次回復。

　　不知道什麼原因，孫玟萱並不急於離開此地？

　　她呆呆的望著窗外巍峨的叢山，原先起伏的心情，此刻竟無比平靜。

　　她走出了房間，就看到一個穿著卡吉色軍服的士兵，背著她，面向牆，站在一個櫃子前。

　　是照片上的那個軍人嗎？

　　孫玟萱清清喉頭說：「您好…」

　　那軍人驀地回頭睨睇著孫玟萱。孫玟萱被他灰濛濛的臉色嚇了一跳！

　　男子又高又瘦，但看起來還算結實，把那套軍服，穿得和照片上的一樣英挺，只是那張臉，怎麼好像病入膏肓了一樣？問題是，他怎麼穿著那身日劇時代的軍服？他打算去哪裡？

　　「妳好。」他低沈的回她，表情裏沒有多少情緒，連灰色的眼神都十分的淡漠，但卻灼灼如炬。場面再次陷入尷尬，孫

玟萱也不曉得要再跟他說什麼？他應該也是一個沈默寡言的男人。

她看向餐桌，老婆婆為大家準備的早餐，看起來好像都沒有人動過。男人看她在看早餐，於是說：「妳別客氣慢慢用，老婆子準備的。」

老婆子？孫玟萱有些疑惑凝起了眉頭，因為眼前這個軍人雖然土灰土臉的，但看起來根本就是個二十出頭的年輕人，但他卻叫老婆婆為『老婆子』，感覺好像在叫自己的老伴一樣。

他不是老婆婆的兒子嗎？或許他也是個演員之類的，不然怎麼會穿那種戲服在家裏悠晃？

男子頭也不回的從後門走了出去，他腳下那雙厚重的皮靴在地上拖出沈重的聲響，感覺就是個全副武裝的軍人，只差身上沒有了配槍。

此時窗外突然傳來一道年輕男子的聲音：「小絹，我們一起到活動中心參加祭典。」

小絹？

這個聲音直擊她的心臟，孫玟萱拉拔起脖子再仔細聆聽。

怎麼那麼像…像青河的聲音？

而且，他還叫著小絹…那是青河之前交的女朋友。

她將頭探出窗外張望，一個身材細瘦高挑的年輕人牽著一個嬌小女子的手，背對著她走在彎延而上的馬路上。

那背影⋯是青河嗎？

她緊攥起放在窗檻上的拳頭，指夾陷入掌心裏，這刺痛的感覺不像是夢。

孫玟萱的血液一股腦的湧上，正想追出去時，客廳偌大的木製桌上，放的一副圖畫，卻吸住了孫玟萱的目光，她忍不住的停下腳步拿起那張畫，整個身體瞬間僵住！

這細膩的畫風、豐富的色彩，她的目光再掃向滿桌子的色鉛筆，感覺就像青河剛剛才擱下那些色筆，匆匆離開的模樣。

孫玟萱心一緊，她彷彿又回到青河的房間，他的書桌也總是一團混亂、到處散滿他隨意畫的圖畫和色筆，她那時老是為他畫個不停不肯專心讀書而擔心不已。

放下畫，她想追出去時，身體卻掃到櫃子上的鐵盒，它應聲在地上摔出一聲偌大聲響，孫玟萱匆忙低頭一瞧，眉頭卻蹙了起來，那有些泛黃生鏽的鐵盒正上方，黏了一個像眼睛的立體圖型，而且還是一顆乾巴巴、皺紋橫生的大眼睛，瞪著她，看得令人一陣反胃。

第 7 章

不能讓它在現實生活中發生

　　孫玟萱無暇顧那個盒子，向青河追了出去，但已經沒有那兩個年輕人的身影，不管她再怎麼努力追趕，還是沒見到人。

　　這是怎麼一回事？難不成，剛剛那兩個人只是她的幻覺而已嗎？如果是，未免太真實了？但在客廳裡的畫又怎麼解釋？那確實是青河畫的風格，她看他畫了快二十年，不會有錯的！

　　即使只是短短的一秒鐘，只要還能再看到活著的兒子，她便死而無憾。

　　想起老婆婆說活動中心有活動，剛剛那名年輕人也說要去那裏，他們現在一定是在活動中心的祭典上。孫玟萱更加賣力的往那兒跑去，恨不能長了翅膀，希望活動還沒結束，而剛剛那個疑似是青河的人就在那裏。

　　路在轉了一小山頭的彎後，昨晚的老街，再次湧現眼前。她始終想不起來，昨晚在活動中心被一個恐怖的詭笑嚇著後，是怎麼到達老婆婆家門外的？那段記憶竟是一片的空白。

　　還有那個向她撲來的不明骷髏人。那若真的是個活人，也未免瘦得太不可思議了吧？連眼睛都深陷成兩個大窟窿，最可怕的是那窟窿上的兩排長長的睫毛，對她刷啊刷的撲來，一想起那張臉，她仍然心有餘悸。

　　一踏入老街，陽光下的老街看起來果然有人氣多了，店家都敞開了大門在做生意，雖然到目前為止，她還是沒有看到任

何人，該不會所有人都前往祭典去了？她隱隱約約聽到有敲鑼打鼓的聲音。

爬了無數的山路後，活動中心大門亮在她的眼前，她飛也似的爬上中心前面的階梯，活動中心的玻璃門全部敞開，裡面有人！不少穿著五顏六色彩衣的人，在裏面跳舞。

還有許多人在一旁觀看和拍手，場面好不熱鬧，終於是正常一點的場景，不再是昨晚那副鬼氣森森的僵化模樣。但孫玫萱卻無心觀舞，開始從人群中找著青河的身影。

越過一個又一個沈膩在歡樂的人，她終於在活動中心後面的角落，看到那對年輕的情侶，他們互相依偎在一起，靠在窗戶旁看著窗外的山景。

那少年的背影！就是青河！那是青河沒有錯！

母子兩彷彿心有靈犀，母親還未叫兒子的名字，青河已經感受到孫玫萱的接近，他猛然轉身，孫玫萱的心臟幾乎在那一秒瞬間停住！

原來他沒有死！原來青河跳下大廈只是一場惡夢！

她向兒子跑向前，二話不說的即抱住他，青河卻突然跪到地上，向她大呼道：「媽，求妳不要趕美絹走，我真的不能沒有她。」

　　孫玟萱愣愣的看著跪在地上為女朋友嚶咽懇求的兒子，五味雜陳的情感在她腦裡成了亂竄的衝天炮，一時之間不知道該怎樣整理？

　　他為了這個女人又哭了！

　　她向來討厭看到兒子軟弱無力的樣子，還是為了一個女人這樣痛哭流涕簡直是成何體統？若是以前的她，絕對會氣得一巴掌往他臉上乎去，但此刻看到他的喜悅，真的是比天要塌下來都還要重要，她將兒子扶起就再次撲地抱住了他，眼淚已潰堤般的撲簌而下：「媽不會再阻止你們在一起，回來了就好…回來了就好…」

　　她將他推離自己幾吋，不捨的直撫摸他清俊的臉頰，仔細的看這失而復得的兒子，就怕這回沒將他給看仔細，下一秒，那個可怕的跳樓惡夢就要成真了！

　　天鶴山，果然有讓她找回兒子的答案，她簡直喜出望外！高興得分不出哪個是真實、哪個是夢境？

　　青河則詫異的也看著媽媽激烈的情緒，更不明白向來固執反對他們在一起的母親，怎麼會這麼輕易就答應讓美絹回到他身邊？

　　美絹是個聽障人士，從小耳朵就聽不見，慢慢的也變得不再說話，現在是靠助聽器才能勉強聽得到一些聲音，溝通方式也全改用手語。

44

　　二年前，孫玟萱在得知兒子竟與這樣一位殘疾的女孩在交往，氣得幾乎吐血。以她兒子的相貌和他們給他的背景，再怎麼樣也不必要去娶一個有身體殘疾的女人回家吧？她可是個中學老師；老公也是個上市公司的總監，這樣怎麼都帶不出去見人的媳婦，怎麼在親朋好友面前抬得了頭呢？

　　而且為了美絹那女人，青河在研究所畢業後，就一直都不肯找個像樣的工作，因為他一心只想著要照顧美絹，什麼工作都先考慮能顧到她為主。這樣完全都被她給羈絆住了，對工作也因此失去了向上進取的野心。

　　孫玟萱輕嘆了一氣，沒想到這事轉眼竟已過兩年，當年她不是已經想盡辦法切斷青河想跟美絹步入禮堂的念頭了嗎？難不成他們私底下，還一直都偷偷在來往？

　　孫玟萱這時目光，才看向青河身後的美絹，她瞬間滯住！

　　這女人不是那個有殘疾的美絹啊！那麼她是誰？青河新認識的女朋友嗎？

　　那個陌生的美絹也對上孫玟萱的目光，給了她一個「伯母您好～」的禮貌手勢。

　　手語！是美絹沒錯啊！青河不可能同時交的女朋友都是聲啞人、也都叫美絹吧？

孫玟萱一頭霧水，搞不清現在究竟是什麼狀況？還有他們兩人怎麼會來到這深山野嶺裏，不會是特地來參加小鎮的慶典吧？

這時青河已經牽著美絹的手，一臉幸福的對她說：「媽，我和美絹決定要在這個村鎮住下來。」

孫玟萱雖然還沈溺在和兒子團聚的天倫之樂中，但一聽到他竟有這麼無知的決定，火氣還是不由得一股腦的湧上。

「你要跟她一起住下來，是什麼意思蛤？」

但青河的話，也讓孫玟萱恍然大悟他們為何會在這？

原來她是在聽到兒子和美絹要私奔到天鶴村後，才匆匆追到這裡來，打算將迷途的兒子帶回去，結果還在來的路上做了那個兒子跳樓自殺的可怕惡夢！且還是好真實的惡夢啊！

釐清了事情的始末，開始對於兒子愚蠢的行為，不由自主的更加震怒了起來！

青河蹙起眉，緊睨著又在變臉的母親，他感到一股風雨又將來臨的前兆。

「你要住在這個鳥不拉屎的小村鎮，會有什麼前途？你該不會是想隱居在這裡種田？然後一輩子都當個粗鄙的農夫吧？」

孫玟萱果然又像以往那樣，都還未聽他的計劃和想法，就完全否決掉他的決定，每次都是如此。

　　青河緊抿著薄唇，許久才開口將自己的決定再說了一次：「我已經決定要住下來了。」

　　美絹憂心忡忡的看著起爭執的母子，卻也如以往那樣，什麼意見都不敢表達。

　　孫玟萱看到青河攢緊的拳頭，隱隱在發顫，但她還是不肯退讓的搖著頭，拉起他節骨分明的手，改以溫柔的口氣問他：「青河，你想一下，你若是在這裡當個農夫，那麼你之前努力考上研究所，又好不容易唸到畢業是為了什麼？」

　　「我唸那些書，和做那些我一點都不喜歡的事，全都是為了妳和爸。」青河眥目的瞪著母親，孫玟萱被他的眼神和諷刺的話，反駁得一滯！

　　他以前在家，向來有什麼情緒也不曾吭過聲，總是一生氣家就把自己關在房裏，今天倒是她第一次聽到他的聲音、他的想法。

　　「你在說什麼啊，青河…」孫玟萱正想反駁他，話卻被青河給硬生生截斷。

　　他滿臉憤怒的繼續說：「若不是因為要達成你們的期望，不讓你們失望，讓你們在親友面前有顏面，我根本就不想讀那些書和考那些試拿那個學位。現在我好不容易已經完成了你們想要的研究所憑證，我已經不欠你們什麼了，我要做我自己想要做的事。」

青河越來越憤怒，聲音在孫玟萱的腦門裡嗡嗡作響，這孩子從來不會對她這樣大呼小叫反抗、一直都很恭順的聽從她和丈夫安排，今天究竟是怎麼了？

若非他們精心的安排，原本就不太聰慧的他，能夠一步步的邁向研究所的大門，還能順利畢業嗎？他今天的怒吼，好像他們為他做的一切，全是沒有意義的狗屎，他們那麼辛苦的培育拉拔他，究竟是為了誰？原來兒子一直都沒有搞清楚狀況，一直認為那是敷衍他們的責任而已。

「我和你爸把辛苦賺的錢，拿來供養你讀書，還不是為了讓你能在社會上出人頭地，你為什麼會覺得那一切都是為了我們蛤？」

「因為我出人頭地的目地，還不就是要讓你們在親友面前抬得起頭，有顏面讓人稱讚炫耀，這不是為了你們自己，不然是為了什麼？」

孫玟萱更是盛怒：「結果你又做了什麼讓我們抬得起頭的事了？傾家蕩產讓你補習考試，你考不到最好的學校、拿不到最好的文憑；現在好不容易畢業快兩年，不是到 7-11 找打工的店員，就是去工廠當那外勞就會做的作業員工作，現在還想跑到山上隱居當個農夫？你腦子是進水了嗎？」

孫玟萱將目光轉向美絹，瞪得兇狠：「要不是這個該死的女人，你也不會有這麼墮落的想法對吧？你腦子裏到底還有沒

有我們這兩個父母？沒有那碩士頭銜和學位，你在社會上，更是一無是處…」

　　對於孫玟萱惡意的咒罵，青河眼底從原來的憤怒，變成無地自容的慚愧，他滿臉哀傷的低下了頭，竟轉身就走了，美絹連忙跟在他身後。

　　看著他們離去的背影，孫玟萱恍然一愣。

　　兒子那失落的一幕，讓那副在地上摔成粉碎的一張臉，又頓時在孫玟萱的眼前閃現，她的心揪得一顫。夢中失去兒子撕心碎肺的痛楚，都還沒有遠離，她到底在幹什麼？那個孩子的內心其實非常的細緻柔軟，她的話，是不是說的太重了？剛剛見到兒子失而復得的滿足感，又瞬間消失不見。

　　『不能讓那場夢在現實生活中發生。』

　　這個想法突然在她腦裡飛馳而過，還徹頭徹尾的讓她死死的打了一個膽寒！

　　她抬眼，在前方一處山坡上，那個骷髏人目不轉睛的站在那裡看著孫玟萱。

　　孫玟萱的毛掉了滿地。

第 8 章

陶蒂蒂

陽光不但沒有讓骷髏人看起來像樣一點，反而把她打出原形，模樣更加詭譎驚人！

她的臉上戴著一副面具，那副面具好像整型失敗後的麥克傑克森的臉；身上穿著一套又緊又不合身、還五顏六色的奇怪小丑裝；頭髮稀稀落落的披肩；最恐怖的，是她露在袖子外的兩隻手，在陽光下發出刺目的金光。

孫玟萱定睛看了又看，她的手，應該由兩支鋼鐵所組成，但它們卻不由自主的動個不停。那究竟是什麼東西？

骷髏人見孫玟萱盯著自己看，一溜煙的跑到活動中心後面的牆去了。

就在孫玟萱想緊追而去時，就見到老婆婆穿著雨鞋、手上提著菜籃子、站在牆後，看到她時，裂著一口沒牙的黑洞對著她微笑。身後霍地有腳踏車輾壓砂子的聲音，孫玟萱這才回神讓路給腳踏車經過，車上的人對婆婆叫了聲金婆婆打招呼，就匆匆騎走了。

孫玟萱向金婆婆走去：「婆婆，我幫妳提籃子吧！」

她忍不住又向身後的山坡探去找剛剛那隻骷髏的身影。這時，她才發現整個山坡上，滿滿一大片全是墳墓林立。她駭然的愣在原地，這墓地的人數，也未免太壯觀了吧？

金婆婆一抹慈祥的微笑對她說：「沒關係，我拿重拿習慣了～在找什麼啊？」看她東張西望的，金婆婆忍不住的問她。

「啊…」孫玟萱抈了抈頭：「沒事，剛剛看到一個奇怪的…人…」她不知要如何形容骷髏人。

「妳看到的那個女人，她叫陶蒂蒂。」金婆婆好像看穿了她的心思，直截了當的告訴她。

「啊！」孫玟萱頭皮發麻的嘶了一聲：「那個是人啊？」

「當然是囉…」金婆婆伸出扭曲的手，指著山坡上最高的地方說：「蒂蒂和她老公，就住在那棟別墅裡，他們是在婚後不久、最近才搬來一年的有錢人咧，那整片山頭，都已經被他們給買下來了。」

孫玟萱張目結舌的久久說不出話，沒想到那個怪物是個大地主啊！真是人不可貌相啊！

這時，她們聽到從活動中心背後傳來宛如野獸的尖叫聲，孫玟萱瞇起眼，連忙朝聲音出處快步的走過去，金婆婆也跟在她身後。

繞過活動中心的後牆後，孫玟萱看到一群人抓住了那個詭異的陶蒂蒂，從她的面具下發出像猴子般刺耳的尖叫：「吱吱嘎嘎……我不喜歡和你們玩捉迷藏，你們也不喜歡玩手手…走開…」

「妳不要再跟我們裝瘋賣傻的故弄玄虛了，明澔人呢？妳究竟是不是把他給殺了？」

　　兩個大男人架著那個如枯骨的女子，其他三個女人嚴厲的質問著她，一個最年長的胖女人還抓住了她的胸襟猛搖，陶蒂蒂臉上的怪面具應聲掉了下來，露出那張骷髏般的可怕馬臉。

　　看到她的真面目，三個女人齊聲尖叫，其中一個較清瘦的中年婦女揚起手想賞她一巴掌。

　　「啊！別打蒂蒂⋯蒂蒂只想要玩手手⋯」陶蒂蒂可憐兮兮的求饒。

　　「喂！你們這群人在那邊幹什麼？」孫玟萱身後的金婆婆再也看不過去，以無比嘹亮的怒喝聲制止那群惡霸。

　　那群兇神惡煞見到有人來，連忙放開陶蒂蒂，臉色倏地變得慈善了些。

　　「啊～沒什麼⋯」胖婦女皮笑肉不笑的說：「我是她的婆婆，自從我兒子卓明澔和她搬到這天鶴山之後，就再也連絡不上人了，每次打來問她情況，她就瘋瘋癲癲的胡言亂語。」

　　「對啊，我們是她老公的姐姐，每次問她我弟弟的下落，她就什麼都不說，真是氣人，我猜啊，我弟弟一定是被這瘋婆子給殺了。」

　　陶蒂蒂的大姑指著她的鼻子大罵。

　　見這群婆家的人對待一個手無搏雞之力的媳婦如此兇狠，孫玟萱真是心有戚戚焉。自己也為人媳婦，知道媳婦在婆家的

地位和辛酸血淚。但一個弟弟不見，居然能夠大動干戈一家人來找，連姑婿們都一起前來興師問罪找人，還真是罕見！

可見那個弟弟在家裡，應該有舉足輕重的經濟地位吧？該不會這一家人，連同那些婿全都是靠弟弟在養？

「你們無憑無據，光天化日之下就使用暴力揍人，這樣對嗎？」金婆婆沈穩凌厲的瞪著那群所謂的親戚。

那些親戚扳著臉一陣面面相覷，婆婆態度瞬間轉為凌厲的對陶蒂蒂說：「回妳家，我要見我兒子。」

「對，妳這妖怪究竟是把我的弟弟藏到哪裡去了？」大姑又用力的搖晃著陶蒂蒂枯瘦的義肢，那隻手居然就應聲掉了下來。

「啊！」大姑嚇得大叫，將它給丟在地上，其他人也連忙跳開

看著大姑滑稽的模樣，陶蒂蒂發出奇怪的笑聲，大家的臉都扭曲了起來。

「我看，弟弟一定是被她給埋起來了。」小姑嫌惡無比的瞪著陶蒂蒂。

「他在那棟別墅裡。」金婆婆突然開口打斷親戚的話，她滿臉篤定的又說：「我見過他，他一直都在別墅裡，沒接你們的電話，應該是不想接而已！要是我，我也不會想接你們任何人的電話。」

金婆婆說完，鄙夷的嗤了一聲，就駝著背，往山上別墅的小徑走去。

大家都愣愣看著她箭步如飛的背影，她老人家乍然回頭，怒道：「啊不是想見你兒子和弟弟，一起上去找他啊！」

陶蒂蒂的婆婆嚥嚥口水，不好意思說：「這位老婆婆啊，不勞煩您一起上去了，我們自己上去就可以了。」

金婆婆驀地回頭，怒瞪陶蒂蒂的婆婆說：「那怎麼可以，你們一群人在大亭廣眾之下就對媳婦家暴，到了別墅裡，誰知道你們還會做出什麼事？」

「我們還能做什麼事啊？不就是找到人就好了…」

那一夥親戚鬼鬼祟祟的瞧著彼此。

「廢話少說，快點走就是了。」金婆婆固執的將雙手拂在她的背上，逕直的往前走。

陶蒂蒂走在他們之中，但她兩隻義肢不明動個不停，嘴裡還不知道唸唸有詞唸著什麼？

孫玟萱則猶豫著要不要跟去？還是該去找青河和美絹？

但是她對這裏也不熟，不知道他們究竟是跑到哪去了？而且，她對於陶蒂蒂的丈夫究竟長怎樣，感到十分的好奇。怎樣的一個男人，會娶一個這麼詭異的女人當作妻子啊？

第９章

真理之石

別墅以很不含蓄的巴洛克風格設計，裡面更是花樣繁多的裝飾，和大面積的雕刻裝潢著牆面，看得讓人目不暇己。

天啊！這個奇怪的陶蒂蒂，居然擁有這樣的身價，住在這樣的豪宅裏！

孫玟萱嘆為觀止的繞著典雅又浪漫的客廳轉了一圈，她看得出，那群親戚眼底盡閃著豺狼般的羨慕！她也終於知道他們為何要全家一起動員來到這兒找弟弟了。

「你兒子就在那兒不是嗎？」金婆婆突然出聲，指著在一角落的落地窗，窗的前面擺放著一台黑得發亮的鋼琴，琴身上倒映出一個站在窗邊男子的身影。

男子聞聲，悄然的轉身盯著眼前喧喧嚷嚷的所有人，一句話也不吭。

「卓明澔，你站在那兒幹什麼啊？見到媽媽來了，是不會打一聲招呼說話的嗎？」大姑子跑到弟弟的身邊，硬是將他給自那角落給拉了出來。

他媽媽有些微慍的也罵他：「為什麼老媽打電話給你，你都不接蛤？死小孩你是怎樣？」

陶蒂蒂繼續在一旁反覆唸著：「你要不要玩小手手…還是捉迷藏？」兩隻手交錯的打得啪啪啪響，眼皮上貼得又長又黑的眼睫毛，一動一動的眨個不停。

她婆婆氣得轉身對她怒吼：「閉嘴啦妳！」

　　孫玟萱終於見到她丈夫的盧山真面目了，還真是一表人才啊！明眸皓齒的高大俊美，但看向他那又醜又肥又黑的老媽，卻完全搭不上腔，兩個姐妹更是慘不忍睹的不堪入目。眼小、唇厚、鼻朝天，其中一個還戴著一副厚厚的眼鏡，把那對小眼睛，拉得又細又長的奸佞。讓人不禁懷疑，他們是真的一家人嗎？

　　但陶蒂蒂的丈夫一臉呆滯，他看了大家許久後，才終於開口說話：「我很累了，想要睡一下，你們自個兒自便吧。」

　　孫玟萱這時才發現他的臉色的確很慘淡，那膚色⋯孫玟萱側著頭想了一下在哪兒看過類似的怪顏色？對了！和金婆婆兒子的臉色一樣。

　　那個叫卓明澔二話不說越過他們，丟下一群詫異的客人，逕自走上樓梯，到二樓去了。

　　卓明澔目空一切的冷淡，再加上灰黯無比的臉色，孫玟萱彷彿見到了一具行屍走肉。

　　「好了，」金婆婆對著那堆不懷好意的親戚們說：「現在你們也看到卓明澔平安無事了，可以走了吧？」

　　「嘖⋯」其中一個姑婿發火說話了：「我說老太婆啊！妳家是住在海邊嗎？好像管得也太廣了吧？」

　　他魁梧的身子慢慢的向金婆婆走去：「這是我們親戚家，屋主是我岳母的兒子，妳是有什麼資格趕我們走蛤？」

　　他粗暴的用手指戳著金婆婆的肩頭，而且力道越來越大，金婆婆老邁的身子不斷的向後退，看得孫玟萱一陣怒火中燒，大吼：「喂！年輕人，對老人家放尊重一點行嗎？」

　　「老人家？」那姑婿不說還好，越說更加故意加重手力：「我看她啊…倚老賣老的～啊～疼死我了～」

　　他的狠話都還沒有撂完，手竟被金婆婆單手扭在掌心，只見那姑婿整隻手都變成了波浪狀的畸曲變形，幾個親戚看得目瞪口呆，惡行惡狀全都變成倅仔。

　　孫玟萱又驚又景仰的睨著金婆婆，她居然輕易就將一個渣男給制伏了。

　　金婆婆淡淡的回頭問對眼前所發生的事視若無睹的陶蒂蒂：「蒂蒂，妳想要這些親戚留下來嗎？」

　　陶蒂蒂乍然停了下來，好像當機般看向他們，然後孫玟萱感覺她好像在笑，但因為她臉上只剩下皮貼著骨，所以實在看不出那是不是真的笑容，只覺得牙齒被她列成了一裂，角嘴向上揚了起來。

　　孫玟萱延陶蒂蒂的視線往樓上看，挑高的穹頂，環繞著華麗的走廊，走廊上鏤雕精美花紋的欄杆上，青河竟站在那兒，睨睨著樓下的所有人。孫玟萱訝然的看著兒子，腳已經不自覺得往樓上跑去找他，最後停在他的跟前。

「你怎麼會在這裡啊？你認識陶蒂蒂？」孫玫萱有些迫切的問青河。

「她住在我們家對面的寶皇大廈，媽沒有注意到她嗎？」

「蛤？」孫玫萱縮了縮下頷，又看向陶蒂蒂。那女人長得那麼怪，她若是有看過，應該會印象深刻才對啊？但是，她是真的沒在家附近見過陶蒂蒂。

寶皇大廈那帶都是高級住宅區，出入的人大都是政商名流之輩。他們在去年年初託青河父親在商界左右逢迎圓滑得體的福，才得以搬進那棟貴族大廈的附近，也算搭上了上流圈人士的邊。這得之不易的榮幸讓孫玫萱很珍惜看重，所以名譽對於他們一家人來說，變得越來越重要了。

這也是孫玫萱急於幫青河找到一個像樣的工作的原因。

不料此時青河看著陶蒂蒂，慢幽幽的脫口說：「即使是愛情，也是可鄙的謊言…」

孫玫萱被他那句話給愣住！

那封夢中的遺書，裡面也有這句話，她背脊一涼，他幹嘛突然說出這種話？

不是，絕對是夢…青河現在不就活生生的站在她面前嗎？

「青河，你說什麼？」孫玫萱怯怯的向他確認那句話的意思？青河卻只是定定的望著母親，緊抿著唇，什麼話都沒再說。

「我們走吧，那些人怪的可以。」孫玟萱又掃視了一眼樓下那些人，拉著兒子的手臂欲離開，青河卻紋風不動的立在原地，孫玟萱詫異的回頭看著他。

「媽，我不走，我得留下來。」青河堅定的對她說。

孫玟萱不解的瞇起眼間：「你為什麼要留下來？」

青河悄然的舉起手指向對面的牆壁，陶蒂蒂延著手指的方向看去，那裡懸掛了一個仿真理之石的巨大雕塑，那張海神面孔的嘴張得老大，好像想要吞食掉所有說謊的人一樣悚然。

孫玟萱都還未回過神，這時陶蒂蒂居然已經站在孫玟萱的身後，孫玟萱聞到濃郁刺鼻的香水味，她轉身盯住她，這麼近距離的看著陶蒂蒂，孫玟萱簡直差點被她奇怪無比的模樣嚇得失聲尖叫，她向後退了好大一步，光想會踩到她都讓孫玟萱覺得恐怖。

陶蒂蒂越過孫玟萱就拉住了青河的手臂說：「青青要玩手手嗎？還是要玩捉迷藏？」

青青？

青河什麼時候和她那麼熟了？難不成他們以前就認識了嗎？

「我們到房裏去玩吧。」不待孫玟萱反應，青河已拉著她走進房間。

　　「喂！那個女人的老公就在隔壁，青河，你瘋了不成嗎？別進去。」孫玟萱驚駭不已的想要拉住青河，卻怎麼也制止不了青河和陶蒂蒂進房。

　　孫玟萱愣在緊閉的房門口，看到走廊上一間半掩的房門，一片漆暗的房裡亮著一雙晶亮犀利的眼睛，孫玟萱死死的打了一個冷顫。

　　是卓明澔，他居然冷眼的看著自己的妻子和別的男人一同進房也不出來阻止！

　　青河怎麼會闖進這豪宅裡？他到底和他們夫妻兩是什麼關係？

　　恍惚中，她聽到金婆婆叫她：「孫老師，我們走了。」

　　孫玟萱看向樓下，金婆婆居然把那群兇神惡煞都趕走了！那群親戚要離開時，還惡狠狠的瞪著金婆婆，一副誓必會回來將她給殺了一樣，金婆婆則泰然若定的目送他們離開。

　　金婆婆抬眼定定的望著孫玟萱，孫玟萱還不想走，她想要等青河出來，再帶他一起城裏去，學校也不允許她請那麼多天的假。

　　金婆婆似乎看出了她的心思說：「青河等一下會自己回家的，妳不用替他擔心。」

　　「回家？回哪個家啊？」孫玟萱莫名的問她。

「回我的小木屋，妳先跟我回去幫忙準備晚餐如何？」金婆婆說著，已經啟步向大門走了出去。

準備晚餐？金婆婆都那麼要求她了，她怎能說不好？她黯然回頭又看了一眼那道被青河緊閉的門，那道半掩門裡如炬的目光，依然悚然的瞪著她看，感覺是在警告她：她是個不速之客，要她快點離開。

無耐之下孫玟萱只得走下樓，感覺掛在眼前的那顆巨大頭嘴裡的黑洞，好像也有一張詭異的臉在瞪著她，且洞中的臉，是不是在哭啊？

她越看越陰森，更加加快腳步離開了這裡。

第 10 章

白天的村民

寄偶鎮
一縷放不下的往生者

金婆婆在前方的山路小徑等她，看見她來才轉身慢條斯理的繼續往山下走去。

「金婆婆，妳手上的籃子我幫妳拿吧？」孫玟萱再次想幫她老人家分擔一些手中的重物。

不料金婆婆還是固執的說：「沒事沒事，我拿就好。這裡都是山路，妳小心妳的腳步。」

她操著一口特殊的鄉音，露出一嘴如黑洞的燦爛微笑，眼睛被皺紋擠成兩道橋，看起來煞是憨厚慈祥，跟剛剛和那群兇狠的親戚惡鬥的模樣，簡直是天壤之別。

由於金婆婆堅持不需要孫玟萱的幫忙，孫玟萱也只好逕自走著，金婆婆駝著老邁痀僂的背，卻在崎嶇的山路上，箭步如飛的敏捷，孫玟萱根本就快要跟不上她的腳步了。

金婆婆那輕快的背影，孫玟萱不由得想起自己的母親。若是她的母親也能像金婆婆一樣，活得樂觀又豁達，不為了追尋永遠攀爬不到的名利而汲汲營營，或許她到現在還活著吧？

鼻子一酸，沒見到母親最後一面的罪惡感，油然而生。或許像金婆婆那樣安貧樂道，才是真正的福氣。

她霍地想，剛剛在陶蒂蒂那棟豪宅裡，怎麼沒見到美絹？她不是無時無刻都黏著青河的嗎？

「喲～金婆婆，今晚的松茸大餐，準備好了嗎？」

這突來的聲音，打破了孫玟萱的思緒。

　　孫玫萱側目一看，她們已經來到了堆滿雜物的鐵皮屋，和金婆婆說話的，是一個頭上包著白布巾的五十好幾的婦人。孫玫萱看到那條白布巾瞬間滯住，原來昨晚看到坐在這條小巷弄頭包白布巾的婦人，是真的人啊？

　　婦人的眼神定在孫玫萱身上，孫玫萱連忙向她打了聲：「妳好。」

　　那婦人也親切的對孫玫萱點頭問好，她覺這婦人臉上的輪廓，已經垂老得五官都融化掉了的感覺，但是兩片唇上依然口紅塗得通紅，兩隻眼睛也瞠得明亮。

　　金婆婆這時對婦人說：「三點就可以和大家一起過來吃松茸蛤。」

　　婦人看了一眼手錶說：「現在都快兩點了，那麼我得快點去車站找阿昌那兩夫婦跟他們說，他們一定又去那裏等他們的女兒回家了。」

　　車站？等女兒回家？孫玫萱覺得這場景怎麼有些熟悉？

　　「對了，還要去河堤那裏找順義一起過來蛤。」金婆婆插話提醒婦人。

　　婦人臉上瞬間淡出一抹哀傷：「就怕他不肯來，他沒找孩子找到夕陽都西下了，很難叫他離開河堤和火車站。」

　　「嘸差啦…就去叫叫看咩…這松茸可不是常常有的喲～」

　　婦人鬼鬼祟祟的靠在金婆婆的耳邊說：「剛剛那群人，應該不會那麼快就死心離開的，我看他們剛剛溜進樹林子裏去了。」婦人指的，是陶蒂蒂的親戚。

　　一抹皮笑肉不笑的情緒快速略過金婆婆臉上，她沒多說什麼，表情卻好像全在掌控中的淡定，她最後幽幽的說：「有時候，活人看多了，就是很膩。」

　　孫玟萱覺得金婆婆的話很詼諧，更有種風雨欲來的前兆，她不明白那群人究竟想做什麼？陶蒂蒂雖然長相奇怪、詭異，但她的心地看起來很單純善良。但也或許是因為她已經瘋了，才會感覺像白蓮花的無害。

　　「沒事的，妳快去叫大家來吃松茸大餐就對了…」金婆婆邊說邊踏著她佝僂沈穩的腳步往山下邁去，今晚好像有聚會。

　　孫玟萱覺得有些不好意思打擾他們，於是說：「金婆婆，那我就不好意思再打擾妳了，我先走了，謝謝妳昨晚讓我借住了一晚。」看來，她剛剛應該就帶著青河離開，不如就在這兒等他下山好了。

　　金婆婆卻突然轉頭睨著她：「阿青等一下也會回去一起吃烤松茸呢，妳不留下來陪他嗎？何必客氣呢？」

　　「啊！阿青？」孫玟萱一臉狐疑。

　　「就是妳兒子啊！留下來吧。」金婆婆很堅決的說著，又轉身繼續往下走。

沒想到青河已經和這金婆婆這麼熟絡了？他們是怎麼認識的？她怎麼都沒聽說過他有來過這麼遠的地方旅行啊？

三點吃晚餐啊？會不會太早了一點？還是他們打算從三點一直吃到七八點？那個詭異的陶蒂蒂也會來晚餐嗎？

孫玟萱加快腳步跟上金婆婆。卻被眼前霍然出現的景象嚇得定住！

一顆蒼白如紙的女孩頭，掛在前面屋子的窗櫺上，她毛躁的長髮直洩而下，兩顆陷入眼窩黑眼睛炯亮，直視著孫玟萱，看得她怵然一悚。

「阿武啊！別那樣掛在窗戶上，會掉下來的。」孫玟萱赫然聽到金婆婆的斥喝聲，她才恍然，那是一個男孩啊？不是女孩子嗎？

男孩卻雙眼滑圓的起了有些發紫的唇，唱起：「來、來、來這兒，寄下你放不掉的思念……」

是昨晚在窗邊唱歌的女孩！原來…他不是鬼？

但是，他究竟穿著一身已泛黃的睡衣，還把頭掛在那兒幹嘛？那模樣簡直和要爬出來的貞子一樣？

金婆婆回頭對孫玟萱說：「那個孩子叫阿武，他是個癌症末期的可憐孩子，目前正在接受化療，精神狀況也變得恍惚不太正常，妳別被他給嚇到了。」

孫玟萱遺憾的發出一聲悶哼，目光依然定在窗邊那個男孩身上。

「阿武，把頭伸回去聽到了沒有？」金婆婆這次充滿憤怒的警告他，他才終於將上半身慢慢的縮了進去。

他頭上那頂長髮霍然掉了下來，讓人心跟著震了一下，他嘴裡的歌依然沒有停下來，像卡住的伴唱機一直重複著那句歌詞。孫玟萱有點害怕他會像昨晚那樣，突然對她歇斯底里的大喊著：快跑——快跑——

即使白天，那張恐怖的病容喊著那樣的尖叫聲，也能讓人嚇得尿褲子！

下了老街，孫玟萱目光停在山街旁最後一棟房子，她忍不住向那裡走去，她昨晚在那棟房子看到詭異的一家人，在光天化日之下，裏面會是什麼樣子？

她慢慢的越過房子前方的低矮灌木牆，迎面就被兩個五六歲左右的孩子，撞得正著，孩子見著了陌生人，很快的便向院子裏大喊：「媽媽爸爸，有人來了…」

庭院最左後方傳來和昨晚一樣的盪鞦韆依依歪歪聲，兩個坐在門庭廊下的老人，引領看向孫玟萱，垂老的眼睛，卻骨溜溜的打轉；屋裏傳來嬰兒宏亮的哭聲，和男人怒罵女人的聲音，一個十幾歲的女孩自屋子裏衝了出來，滿臉莫名的驚恐。

70

　　孫玟萱兩眼瞪得老大看這一家人，因為這棟屋子前面，有被大火燒得焦黑的痕跡，在陽光下，更加叫人觸目驚心！

寄偶鎮
－絕版不下的往生者

第 11 章

別在女人面前掉淚

孫玟萱匆忙向那兩個簷下老人行了個禮說：「對不起，我走錯地方了。」她轉身離開了那戶人家。

那間屋子究竟發生過什麼事？怎麼燒成了那樣，而且還不整修？房子在那樣的狀況下居然還能繼續住下去？而且這家人的人口還不少啊！那個衝出家門的女孩，在驚恐什麼？屋子裏發生了什麼事了嗎？

那家夫婦衝天的爭吵聲讓孫玟萱想起她吵個不停的父母，兩人只要一見面，就一定吵得人仰馬翻，全是因為她母親從不願盡母職而吵。隨著成長，他們越吵越兇，最後媽媽終於因為失業只能成天乖乖待在家後，爸爸卻反而從此不再回家，她這回又變成沒有爸爸的小孩。她從小期盼牽著父母的手，一起出去郊遊的夢想，從沒一次實現過。

所以孫玟萱發誓一定會給青河一個完整的家，一個永遠關懷他、並專注於他的溫暖的家。

走了一小段路，心裏又開始繫起了青河，美絹該不會是先回家去了吧？

孩子長大了，即使小時候再如何親？似乎也留不住了，心都跟著那個叫美絹的女人飛了。她不明白兒子為什麼會喜歡上那樣的女孩？長相普通、沒有家世背景，最重要的是，身上還有殘疾，應該是被她那副楚楚可憐的模樣給迷惑了？

　　青河大概是還未體會到，要終身扶養一個有殘疾的人，是需要多麼大的付出和多麼沈重的責任？像他那樣軟弱的人，連研究所都畢了業，還是一直沒能找到一份像樣的工作，自己都顧不好，究竟要怎樣養得起那樣麻煩的女人？

　　兩個人在一起，終究會變成陷入一場永無超生的貧窮悲劇泥沼裡，現在有愛情支撐他們，以後結婚變成現實的生活，就會明白貧窮夫妻百事哀，那有多麼的痛苦？

　　兒子的思慮還不周全，她不能眼睜睜看著他們倆一起掉進婚姻的陷阱裡去，她得阻止他們才行。對於兒子能力不足，說真的，她已經認命了，但至少娶個不需要她太擔心、有工作、能獨立自主的女人，那樣起碼能夠互補著彼此的缺失。若是能夠再娶個有錢有背景的女人，那麼她就更放心了。女人嫁了老公後，多少心都是向著丈夫的，應該會拿些錢資助老公向上發展，青河就可少奮鬥好幾年了。

　　但說真的，孫玟萱現在其實已經不再那麼在乎青河到底要和誰結婚了？她現在只想分分秒秒都和兒子在一起，就像他小時候一樣，他平安健康快樂長大，就是對兒子最大的期盼。

　　不知不覺已經回到了金婆婆的小木屋裡來。金婆婆已經在屋後洗起菜來，她還摘了一籃子的松茸，孫玟萱還真的是大開眼界，第一次看到那麼多昂貴的松茸，真是珍寶！金婆婆說等一下會將那些松茸放到火上烤，再加點海塩吃，光想就直叫人五指大動。

　　原本要坐下來幫忙的孫玫萱，聽到屋裡傳來青河的聲音，金婆婆裂了沒牙的嘴對她說：「進去看看他們，我自個兒忙得過來…」

　　孫玫萱轉身，自窗戶看進屋子裏的青河，一臉愁眉苦臉的坐在餐桌上，美絹也坐在他的身旁，見他們如此親密，孫玫萱眉頭蹙了蹙，兩人似乎還是形影不離。

　　美絹原來還沒走，那麼她剛剛去了哪裡了？

　　「對不起，剛剛我媽媽在活動中心，真不該那樣說妳…」青河自責垂下了頭嘆了一氣，推推美絹看他又說：「相信我，只要她認識妳夠深之後，她一定也會慢慢的喜歡上妳。」

　　美絹苦笑對他搖頭說沒有關係，讓青河更為她覺得心疼，她總是那麼的善良、那麼的替人著想。

　　青河握住了她的小手說：「我媽只是喜歡操控我的一切，一直想把她認為好的事，附加到我身上，從來沒問我要不要？她和我爸都一樣，逼得我都快要無法喘過氣了…但我愛妳啊美絹，我絕對不要妳離開我…」

　　青河的語氣越來越窘迫，然後竟哽咽了起來，孫玫萱有種不妙的感覺，心裏不禁暗叫道：別哭！他不會是打算在一個女孩子的面前流眼淚吧？可不可以像個男人？媽媽明明就把你生得雄糾糾氣昂昂的，為何總是那麼的軟弱？

　　但兒子的眼淚還是簌簌的流了下來，最後倒在美絹的懷裡哭得像個淚人兒一樣。孫玫萱直想挖個地洞鑽進去，覺得無地自容，一個堂堂五尺之軀的男人，居然比個殘障人士還不如！

　　一怒之下想衝進去教訓兒子，她不記得自己兒子是那麼孬種的一個男人，至少他從沒在她面前掉過一滴眼淚，在成年之後就不曾有過，現在卻在那柔弱女子面前，哭得那麼不像樣？只為求她留下來。

　　此時美絹把一枝畫筆放到青河的手掌裡，青河抬起頭盯著她，情緒好像隱定了不少，美絹比著手語，好像要他畫畫，青河就真的握起畫筆埋頭畫了起來，陽光漸漸在那張哀傷清俊的臉龐上綻放。

　　孫玫萱不禁為那張認真的表情給滯住，她一輩子都不曾見過兒子喜怒哀樂這麼強烈的神情，卻在短短幾分鐘之內，全在那個女孩的面前上演。她臆想著，最後一次見到青河笑的那樣幸福洋溢是什麼時候的事了？

　　『在兒子的心裏，她沒有那個女孩重要嗎？』這想法頓時令孫玫萱的心吹來一陣冷颼颼的風，她整個腦子冰凍得當機。

　　一年前，孫玫萱替兒子安排相親的事油然而生。

　　「相親！」青河憤怒的站了起身，覺得媽明知道他和美絹的感情正十分穩固的交往中，卻還故意安排他相親。

　　孫玟萱只好放低身段，委婉的勸青河：「你只要去看看就好，不喜歡就算了，媽媽推不掉，因為那是媽媽認識好多年的老同學李叔叔介紹的，算給媽媽一個面子，去捧個場就好，見見他女兒。」

　　青河拗不過媽媽的懇求，只好答應去了。就在青河和同學女兒相親的同時，孫玟萱也約了美絹到那個高檔餐廳。

　　相親那天，孫玟萱一直站在餐廳門口等美絹的到來。當她終於出現時，孫玟萱著實被她的打扮感到驚豔！美絹將披肩的長髮挽成髻、戴了隱形眼鏡、臉上施了點粉，身上穿著頗富設計潮流感的短洋裝，將她嫚妙的身材，突顯得凹凸有致。沒想到她妝扮起來，還頗有幾分姿色。

　　但是孫玟萱依舊不喜歡她。自從青河愛上這個女孩之後，他愛畫畫的興趣，變得更加的濃厚與無可自拔，因為美絹就是在輕障機構教導美術，青河去那裡當志工時，他們就是在那兒認識的。

　　青河一定是為了討好美絹，所以想要更勤奮的畫，得到她更多的青睞。

　　現在青河變得連工作都不想認真去找，以為隨便打個工，就能夠再靠畫畫謀生。這樣愚蠢的想法，鐵定就是那個笨女孩傳染給他的，像下了可怕的魔咒一般，再也走不出幻境。

　　美絹站在餐廳門口，透過玻璃窗，遠遠就見到坐在高級餐廳裡頭的青河，對面坐著一個迷人又高貴有氣質的女人，青河對著那個女子有說有笑的對談如流，和跟她說話時，老是兢兢業業、放不開的模樣，判若兩人。

　　一道強酸直入美絹的心臟，那樣健康開朗的女孩，更適合青河吧？

　　她感到無地自容的轉身要走時，孫玟萱就站在她身後。

寄偶鎮

一縮紙不下的往生者

第 12 章

女人心計

　　因為孫玟萱看不懂手語，所以她跟美絹要了賴，兩人坐在人行道上面對面的傳賴。

　　「其實我兒子青河，一直都有在相親找結婚的對象，他對於妳，只是出於朋友之間的友情，也可能還帶點同情吧我想。所以我希望妳不要誤以為，我們家的青河曾考慮過娶妳為妻，妳應該也明白自己身上有什麼缺陷，那真的會為青河造成多麼大的負擔？」

　　孫玟萱滔滔不絕的傳，美絹只是一昧低頭看，沒有回話，蔥白的手指在手機邊緣扭曲成奇怪的形狀依附著。

　　孫玟萱繼續說：「總之，我們沒辦法養妳一輩子的，青河的路，也不希望因為妳而被絆住。相信妳將來，一定會找到更適合妳的男人，譬如更有錢的人，應該會更適合妳吧？所以，請妳離開青河吧，算一個媽媽懇求妳了。」

　　看她這麼傷心，孫玟萱心裏也很難過，反正，該為兒子說的和做的，她都做了，就只能看這女孩有沒有自知之明，離開青河了。

　　自那天起，美絹好像就真的在青河面前消失不見了，手機也聯絡不到人，連那個慈善機構的工作也辭職了，租屋處也退了，彷彿人間消失。青河當然懷疑是孫玟萱從中搞的鬼，孫玟萱則打死不承認，卻沒想到兒子從此一蹶不振，再也不出去找工作，最後竟跳樓自殺了！

跳樓自殺了！

這個可怕的念頭像山崩地裂的擊中孫玟萱，擊得她肝膽俱裂。

不對啊！兒子不是還好好的在裡面嗎？他沒有跳樓自殺，他只是和美絹私奔到這偏僻的小鎮罷了。

原來如此！好像所有的疑點瞬間都有了答案。

她再次探頭望著兒子，看他再次好好的活在自己的眼前，認真又專注的把精神全集中在畫紙上，兒子好像只有在拿起畫筆時，才會有這樣全力以赴和滿足的神韻。

這樣看著健健康康活著的兒子，她覺得地球停止了，且什麼事都不重要了。

孫玟萱推門進了屋子，兩人都不約而同的抬起頭看著她，青河臉上的表情一僵，陽光明顯的從他年輕的臉龐上悄然消失了，孫玟萱感覺四周好像因為自己，而瞬間黯淡了起來。

她看著兒子繃緊的臉，孫玟萱依然故我的走到他們面前，拿起桌上的畫，看了起來。畫裏飽滿豐富的色彩，完全吸住了孫玟萱的目光，她還是第一次，靜下心來欣賞青河的畫。以前只要看到他又在畫畫，就認為他在浪費時間和生命，做讓自己深陷貧窮、沒有意義的塗鴉，那些寶貴的時間，不如多唸點書比較實際。

青河手中的畫筆咚得掉在桌上，因為這也是他第一次，看到媽媽在欣賞他的畫，他以前的畫不論收藏的再好，最後都會被媽媽以佔空間為由，拿去做資源回收。

媽媽總是視他的畫為垃圾！

看著自己的畫被她丟掉、被她撕掉，一開始是淌血搶救，後來變成站在一旁冷眼旁觀它們被無情的處決，漸漸也變得無動於衷。

孫玟萱放下畫後，居然看到兩張年輕的臉龐，殷殷期盼的緊盯著她的一舉一動，好像等著她說些什麼？孫玟萱只好清清喉嚨說：「這幅畫還挺有創意的，色彩搭配的很和諧，卻讓主題更搶眼。」

她突然看到兒子原本呆滯的眼神，發出炯炯的光芒。微笑也掛上美絹的嘴角，她握住青河的手，像是在給他注入更多的新血和鼓勵，他整個人因此神采奕奕了起來。

孫玟萱以前總覺得兒子那顆頭，有如千斤重的垂頭喪氣，連寬闊的肩膀都被他壓得頹廢，一點男人的氣勢都沒有。沒想到現在只是一句稱讚的話和一雙鼓勵的手，他就能有煥然一新的變化，總是圍繞在他周遭的一團灰霧，也一掃而空。

這時門被推了開來，人群的嘈雜聲也跟著淌流進來，金婆婆邀請的客人魚貫而入，孫玟萱被首先進門的人震了一下，是昨晚車站那兩個人！他們昨晚的臉蒼白如紙，但他們現在，靈

活靈現的站在她眼前！緊跟在他們夫婦兩後面的，是那個躲在草叢裡的怪人，他手中依然拿著那把傘。

他們的穿著打扮和昨晚完全沒變，而且現在看起來都十分的正常。

孫玟萱吞吞口水向後退了一步，連那棟失火過的一家子，也陸續走了進來，那些孩子在金婆婆的門前庭院高興的玩耍了起來。

青河和美絹起身迎接著那些鄰居的到來，還和他們介紹孫玟萱。感覺兒子好像真的已經來這裏很久了，跟他們已經是認識很久的朋友。孫玟萱覺得自己格格不入的尷尬，昨晚看到怪異現象的芥蒂還縈繞在心頭，讓她只和他們點頭打了招呼後，便獨自坐在角落茫然的觀察著所有人。

陶蒂蒂和她的帥哥老公並沒有出現，金婆婆穿著軍服的兒子，則獨自坐在火爐旁幫忙烤著肉和松茸，不發一語。孫玟萱覺得那個兒子一定是個二戰迷，才會自以為很酷一直穿著那樣可笑的軍服不換。可是，大家對那套奇怪的軍服好像覺得稀鬆平常，一點也不在意。

孫玟萱發現，那些人嘴角雖然都帶著微笑，但表情卻十分僵硬，眼底甚至透露著難以形容的悲傷，讓人費解，他們好像都跟她一樣，心事重重。

而且她發現，整個村鎮的人都有一個共同點，就是眼神特別的炯炯有神。

第 13 章

晝夜殊途

「曉蘭還是一直都沒有說什麼時候會回來看你們嗎？害你們老是跑去車站等她！」老態龍鐘的福壽伯問阿昌夫婦，阿昌老婆眼眶一下子就紅了起來，她連忙低頭擦拭著眼淚。阿昌看了一眼老淚橫生的老婆，不慌不忙的遞了一條淡藍色的手巾給她。

阿春嫂暗暗的拉了拉福壽伯的衣角示意他別再問了，福壽伯識相的緊閉起嘴，阿昌卻感慨的說：「那孩子，自從嫁給那個大老闆後，就一直說要回來看我們，要接我們過去住，但是到現在孫子都出生了，她還是連一次都沒有回來，就算我們要去大城裡找她，也不知道要從何找起？因為她從來沒告訴我們住處…嫁出去的女兒，就好比潑出去的水吶…」

眼淚也在阿昌的眼裏打轉，再也說不下去了。

阿昌老婆拍拍老伴的手：「別這樣，女兒也不是故意不回家，她是真的每次都被女婿和孩子的事給絆住了，才不能回來看我們的，她過年過節還不都有寄禮品過來給我們啊？她並沒有忘了我們，畢竟我們是她的父母。」

阿昌垂著頭盯著地板，無盡悲涼的又說：「我從小養到大的可愛女兒，最後變成女婿寄來的一盒盒冰冷冷的禮品了。」

「只要女兒還活著，終有一天會回家的。」順義兩眼無神的直視著前方，打斷了眾人的寂靜。他有些粗嘎的嗓音，讓他

88

的話更加覺得滄桑。他最後又篤定般的加了一句：「我一定會把她給找回來的。」

孫玟萱不明白所以的掃了所有人一眼，他們各個沈重的表情，讓孫玟萱也不便問明順義話裡是什麼意思？

金婆婆珍貴的主食松茸終於上桌了，香氣四溢，讓人一時將悲傷的事都拋到九霄雲外去了，有人還帶了陳年老酒，大家轉而聊起開心的事來，一掃剛剛的陰霾。

吃著烤松茸的同時，有人拿出相簿本，眾人向那些相簿圍繞而去，但原本喧鬧的場面，驟然變得安靜且嚴肅，連炯亮的眼神都不見了。孫玟萱也忍不住的起身，跟著大家圍過去看起了照片。

照片泛黃的厲害，裡面的人都穿得十分正式、坐得直挺挺的、兩眼也瞪得渾圓在拍照。孫玟萱覺得不管照片裡還是現實中，這村人的眼睛怎麼都怪怪的？但她說不上怎麼怪法，眼睛像是被硬撐大的模樣。是因為現實裡這些人的眼神本來就特別炯亮，所以入相後才會顯得特別怪的原因嗎？

「孫老師也要和兒子、媳婦，一起在這裡住下來了嗎？」一個老婦人突然親切的問孫玟萱，孫玟萱被這突來的問題問得一愣，心中還產生強烈的反感，因為美絹才不是她的媳婦。

而且，那老婦人怎麼會知道她是孫老師？等等……

　　孫玫萱定睛仔細看著她，這老婦人，就是住在灌木牆後那大戶人家的婆婆吧。他們屋前那片燒焦痕跡到底怎麼一回事，燒成那樣不整修還住了三代人？孫玫萱差點沒脫出口問她。

　　金婆婆插入她們的話題說：「孫老師只是過來看看兒子，過幾天就要離開了，對吧？」

　　「啊！」孫玫萱回神，還未回答，美絹倒了一杯還冒著煙的花草茶到孫玫萱面前，她愣一會兒才對美絹有些冷淡的說：「謝謝…」

　　她接過茶杯後，美絹卻沒有走開，依然立在她身旁，好像有什麼話想對她說，卻遲遲沒有表示什麼，對孫玫萱來說，她就像一根在背芒刺，不論她做什麼，永遠都無法讓她舒坦的接受她。

　　看兒子迎面走來，孫玫萱立刻將花茶叩得一聲放在桌上，那重重的聲響讓美絹不覺縮了縮下頜。孫玫萱已經起身向青河走去，還硬將他給支到外面說話。

　　她是真的需要好好和他獨處一下。

　　「媽，幹嘛呢？美絹還在裡面！」青河有些不悅的抱怨。

　　「美絹美絹，你滿眼滿腦子都是那個女人，那我這個媽和你爸呢？你把我們放哪了？現在還想要跟那女人搬到這兒來隱居，你有想過我們怎麼辦？把你養這麼大，就被你那樣乾乾脆脆的拋棄了嗎？」

90

　　聽到老媽又在否認他的決定，他只是低著頭，保持他一慣面對壓力時的反應——沈默不語。每次當他用那黑漆漆的腦袋當作回答時，孫玟萱的火就會越來越興旺，讓她不得不攢起拳頭忍耐，等著自他口裏吐出的任何解釋。

　　時間一分一秒的過去，孫玟萱每次都明白她在浪費時間，他是不可能說出他的心事和想法。心在滴血，為何他連眼淚都肯在那女人面前流，卻連一點心裡話都不告訴她？

　　「明天就跟媽回家，你不用再自己磨鍊找工作了。媽這次一定透過關係，幫你找到一個好工作；爸那邊也可以幫你，總之先回家再說，好嗎？」

　　孫玟萱牽起他的手，殷切的盯著兒子，他會答應的，他向來就是個順從乖巧的孩子，不論是不是長大了都一樣。

　　「媽，我這裡的事還沒處理完呢。」青河慢慢的把手縮了回來。

　　「這裡能有什麼事需要你去處理？」孫玟萱十分不悅的蹙起眉。

　　「我要保護陶蒂蒂。」

　　「保護陶蒂蒂？」孫玟萱一頭霧水，一個美絹那殘疾的還不夠，現在又多了一個怪物讓他想關心，這孩子究竟成天想東想西在想什麼蛤？為何就是不花多點心思在自己的身上啊？

91

「那陶蒂蒂和老公住一起，需要你保護什麼了蛤？」孫玟萱終於忍無可忍的提高音量大罵他：「你不會是和那樣的怪物有一腿吧？」

青河把臉撇走不想再與她說任何一句話，連拳頭都被他給攢得筋骨分明。

此時，山林間防空演習般偌大的嗡嗡聲突然震耳欲聾的響起，孫玟萱被那聲響震得心驚膽跳，徬徨的看向四周，究竟發生了什麼事啊？怎麼會有警報聲？好像是山區的警報，只是不知道在警告什麼？

隨著警報聲，在外面烤肉的金婆婆兒子起身走下了石階；原本在屋內高談闊論的鄰居也突然魚貫似的走出來。孫玟萱詫異的看著他們，以為他們出來是要一起烤松茸和山豬肉吃，看看時間也差不多是晚餐時間了，便客氣的問一個和她擦身而過的人：「大家是要出來一起用餐了嗎？」

但那些人不但沒搭理孫玟萱，還兩眼空洞呆滯的直視著前方，直接踏下階梯，便往屋前的小徑，逕直的越走越遠。

這時的警報聲嘎然停止。

「他們要去哪？」孫玟萱問隨後跟著走出屋外的金婆婆，金婆婆若無其事的說：「天快黑啦，他們要回家了。」

　　蛤！不是要烤肉了嗎？剛剛也只吃完松茸而已啊！她這時也才發現滿天的彩霞撒得好不絢麗，太陽像掉在山巒盡頭的一顆火球，但炙熱的火焰就快要熄滅了。

　　不知道為什麼，那些人走路的姿勢怎麼變得那麼的詭異？有的人一枴一枴的；有的人好像在路上飄浮；有的人還好像在跳躍！很像頭和四肢，都被綁著線，有誰在操控著他們的畸形人偶。

　　那些人的姿勢！

　　冷意自她腳底一路攀升到頭頂，昨晚毛骨悚然的感覺再度油然而升。天色暗得非常的快，那些人很快便被漆黑吞沒於山林之中，緊接著飄來一陣濃濃的霧，她幾乎已經什麼都看不見了，山中千變萬化的山林氣象，讓孫玟萱目瞪口呆了。

　　她轉身找兒子，但他竟也不見蹤影，該不會是已經進屋子裏去了。

　　孫玟萱連忙跑進屋子裏找人，但一進門，卻只見到金婆婆獨自一人在收拾殘局。

　　「婆婆，我兒子青河呢？」孫玟萱詫異的問她。

　　「他跟著村民回到自己的住處囉…」金婆婆又一派輕鬆的回答，她看到婆婆將那個有眼睛的盒子，小心的置於櫃子裏，再謹慎的關上門。

　　「他自己的住處？他在這裡有自己的房子可住？」

「有啊！但是暫住的而已，別人借他們住的。」

他們…？額頭青筋微微跳動，青河已經和美絹同居了嗎？

「他們住在哪？是陶蒂蒂的豪宅嗎？」

此話一出，原本淡定的金婆婆驟然變臉，被皺紋覆沒的兩顆眼睛，突然睜開似的，還發亮了起來，孫玟萱被那有些猙獰的怒容嚇得著實向後退了一步。

「不是，但不用去找他了，他明天一早會過來。」

「但是…」孫玟萱有些不悅，她要去找自己的兒子，她憑什麼阻止她？

孫玟萱的話卻被金婆婆狠狠打斷：「別但是了，青河雖然是妳生的，但妳也該尊重他的決定，給他喘息的空間，更何況他都已經長那麼大了，又不是小孩子了！他可以處理自己的事了。」

孫玟萱對於金婆婆的話無可反駁，只是想到她還有好多話還沒跟青河交待，還是很想衝出去追他，現在追出去，應該還追得到人吧？她焦慮的望向窗外。

「別擔心，兒孫自有兒孫福，看開了，妳就自由了。」金婆婆睨著滿臉憂愁的她搖頭，調侃一笑。

金婆婆看孫玟萱還是放心不下的盯著窗外瞧不停，於是對她說：「外面一片漆黑沒有路燈，妳真的敢自己追過去嗎？我在這兒住了一輩子，晚上都不太敢一個人獨自走入那片森林，

除了可能遇到熊之外，還可能會在大霧裡迷路，那座森林晚上的路和白天的可不太一樣。」

　　金婆婆目光睨視著遠方，雖然那裡僅有一片黑幕，但她彷如可以穿過黑暗，看到生活在每個角落的鄰人們一般。

　　晚上的路和白天的不太一樣是什麼意思？孫玟萱聽不太明白，她問金婆婆，但她只是笑而沒答話，繼續忙她的事情。孫玟萱感覺金婆婆的話裡有話，不知道在隱藏什麼秘密？

　　孫玟萱看著眼前伸手不見五指的山林，吞吞唾沫，那裏的漆黑，的確是黑得讓人畏怯膽寒。

　　金婆婆將餐具要拿出外面廚房洗時，回頭丟給了孫玟萱一句話：「妳有一個心地善良的兒子，妳應該以他為傲才對。」

寄偶鎮
一縷該不下的往生者

第 14 章

豪宅夜夢

凌晨三點，孫玟萱被冷醒。

昨晚吃完烤松茸大家解散後，她竟不知不覺睡著了，而且怎麼每次醒來，她都好好的躺在這張床上？她實在看不出金婆婆有這麼大的氣力可以搬動她。

窗外透著泛紫的暮光，一陣又一陣飄來的濃霧下，好像站著一個熟悉、纖瘦的身影。

是青河！

孫玟萱蹭起身就躍下床，匆忙的跑出屋外追了出去。

「青河，等等媽媽！」她跑著，凌晨的低溫，冷得她全身打顫，但想追上兒子的焦慮，卻讓她不顧一切的往前跑。

不見了？他究竟跑到哪裡去了？這麼早他想去哪裡，為什麼沒來找她？今天無論如何她都要將他勸回家，這荒郊野嶺只會腐蝕她兒子，讓他變得更笨、更無法在精英當道的社會裡活下去。

一陣冷風刮來，吹散了一些煙霧，青河的身影在她前方不遠處現身，她又叫了他一聲，但他不但沒回頭看母親一眼，還逕直的往左邊的林子跑了過去，孫玟萱拔腿跟過去，還在他身後一路喚著他的名字，但她卻覺得怎麼越追他人越遠？

見兒子完全無視她的叫喚，惱怒的在他身後叫道：「你給我停下來，蘇青河！你到底想去哪裡，都不等我這個當媽的？」

　　兒子乍然停住，卻回頭惡狠狠的瞪著孫玟萱，瞪得孫玟萱乍然一怵。自他嘴裡，發出如同野獸的怒吼聲：「我告訴過妳我不喜歡讀書，妳什麼時候才聽得懂我的話？別再逼我，我警告妳，不然我死給妳看。」

　　青河說完，便一溜煙的消失在濃霧裡，獨留孫玟萱愣在原地，遲遲沒再向前追去。

　　她被青河那道肅殺的犀利眼神，給刺得腦袋一片空白。

　　恍然回神的她，想剛剛霧裡的兒子，怎麼跟昨天看到的不太一樣？身子不但縮小了一些、臉龐還青澀了許多，她好像看到了高中時期、那個完全無法溝通和控制的青河。

　　她再往前跑了幾步，但卻再也沒有兒子蹤跡。

　　想起兒子昨天告訴她要去保護陶蒂蒂那件事，他人現在該不會又回到了那個豪宅裡去了？

　　正當孫玟萱想著那棟豪宅要怎麼走時，猛然就聽到遠方傳來七嘴八舌的嘈雜聲：「這霧怎麼突然變得那麼大？喂，GPS怎麼說，要走哪條路？」

　　孫玟萱聽出說話者是早上去找陶蒂蒂的那群親家，沒想到他們怕被村鎮裡的人看到，利用白天養精蓄銳躲到現在，晚上又不死心的還想再次找上門，他們到底想要怎麼樣？

　　那群人該不會是想做出對陶蒂蒂有害的事？那麼青河扯進他們的家庭糾紛之中，會不會有危險吶？孫玟萱從容的跟在

他們身後，順便靠他們手中設定的 GPS 找到豪宅，把青河帶出來。

豪宅出奇的在雲霧中頓現，孫玟萱感覺自己似乎並沒有走很久，白天從山坡上走下山時，記得走了一小段不遠的路才到金婆婆家，剛剛她一時情急跑出來，竟然已經走了這麼遠的路了嗎？

豪宅緊閉的大門巍峨聳立在他們眼前，即使順利的穿過濃霧來到這裡，這樣的豪門巨府，鐵定警備森嚴，進不進得去，還是一個問題？就在孫玟萱質疑之際，門竟在陶蒂蒂的婆婆一推，雕琢華麗的銅門卡嚓一聲即被她給打了開來。

老太婆回頭給了她的狐群狗黨們一個得意的微笑，一群人浩浩蕩蕩的走了進去。

陶蒂蒂也真的太大意了吧？住那麼大的房子，居然連一個保全都沒有裝嗎？但想到她早上瘋顛的程度，不太可能還有什麼危機意識了吧？但她的老公呢，看起來算是正常的，只是有些陰森罷了。

這下陶蒂蒂是不是不妙了？看他們早上對陶蒂蒂又是打又是罵的毫不講情面，儼然替陶蒂蒂擔心了起來，更擔心青河若是看不出去，單槍匹馬的和他們對上，更可能遭殃，要不要乾脆下山去通知金婆婆來？

100

但一想起路她不熟，二來，她又何必那麼雞婆，陶蒂蒂會發生什麼事，與她何干呢？她只要找到兒子，就馬上將他給拉走，別讓他捲入別人家務事的風暴圈裡就好。

打定了主意，孫玟萱便跟著溜進了豪宅，前腳才踏進，空曠森冷的氣息比外頭還陰，那群鬼祟的老鼠好像已經跑上樓，不見蹤影。

一群人躡手躡腳的摸黑進了卓明澔的房間，他們一把掀開了卓明澔的棉被，但他居然沒有睡在床上。

所有人環顧了四方，但就是不見卓明澔的身影？

「卓明澔！卓明澔！你最好快點給老娘我出來…」卓明澔的媽媽嘎著粗啞的聲音叫兒子，但房裡除了窗邊迷濛的月光，什麼都看不清楚。這間房非常大，一張很大的床邊，牆面有成排精緻的衣櫃，挑高的屋頂，讓人彷彿置身在宮庭別館裡。

「他究竟躲到哪去了？」妹婿有些不耐煩的問。

他媽媽終於怒無可怒的提高了音量：「你到底是在躲什麼意思的蛤？難道連你媽的份也要私吞嗎？我知道你在這裡，最好快點出來。」

「我們精心策劃了這麼久，最後卻失敗了，陶蒂蒂竟沒有摔死，變成那副人不人鬼不鬼的模樣。那個女人還真是個九命怪貓吶！你騙我們說你會解決後序，結果就給我逃到這裡來住

豪宅，就再也音訊全無，若非老娘神通廣大人脈眾多，看是要一輩子都找不著你這兔崽子了。」

「錢該不會全變成這棟豪宅花光了吧？」卓明澔的妹妹又氣又憤的跺腳罵人。

「沒差啦…」媽媽抬眼掃了房子一圈：「這棟豪宅要是我們住下來，也不錯不是？」

其他的子女聽了，也滿意的點點頭。

「喂～妳們這些笨蛋，人都還沒找到，妳們在那裡高興什麼？說不定他早就已經捲款潛逃了，這房還是陶蒂蒂的啊！」大姑的夫婿潑她們冷水。

「說的也是…快找人。」大姑附和她的丈夫說。

「但是陶蒂蒂不是還沒死，他要怎麼拿得到錢？」

「也就是說，他還沒有離開？」

「快找人就對了。」

他像五隻偷偷摸摸的老鼠，亮著自己的手電筒開始找卓明澔的蹤影。結果整個房間都被他們五個人給翻遍了，連半個鬼影子都沒有。他們黔驢技窮的坐在床尾哀聲嘆起了氣。

「說不定他跑到那怪物房裏去了。」大姐悻悻的說。

她老公憾憾的勾起嘴角，嗤笑說：「這麼晚了，他去她房間不會被她嚇死嗎？」

　　五個人放棄了這間房，決心分頭找人時，開門的小妹卻怔在原地，兩眼睜得渾圓的手指著前方：「卓…卓明澔…他在那牆面上…」

　　大家延著她指的方向看去，咋舌的看著那面仿羅馬真理之石的血盆大口，含著卓明澔，他頭被含得歪歪的向下垂掛著。

　　卓明澔的媽媽看到兒子淒慘的那一幕，發出震天的尖叫！

　　躲在暗處等青河出來的孫玟萱被那慘叫聲嚇得抬頭一陣的張望，也延著那五個人的視線看向另一側的牆壁，差點也沒尖叫出聲。

　　「他是怎麼被吊在那裡的？」小姑的老公顫抖的說。

　　「好像有一根又粗又長的鐵釘直直的戳進他的後頸…把他固定在那裏…」大夫婿平淡的補充說。

　　「那個畜牲殺人啊！陶蒂蒂真的瘋了…等我找到她就把她給分屍…我的兒子啊！為了那女人，我兒子做了多少次的整型，受了多少苦？」

　　整型？孫玟萱想，難怪陶蒂蒂的丈夫，怎麼看都不像和這群人是同一座工廠出廠的。原來這一家人為了得到陶蒂蒂的財產，早就不擇手段計劃要謀財害命了！結果現在賠了夫人又折兵，什麼好處都沒有得到。

　　陶蒂蒂？孫玟萱想想，這個名字確實是有點耳熟，但就是想不起來在哪兒聽過？

嘎呼！

一道如猴子般的凌厲叫聲，突然自老太婆的腹下竄起，老太婆因為傷心兒子過度，再加上站在樓梯最邊緣，一個沒有站穩，肥碩的身子開始滾落於樓梯，又長又高的樓梯發出悶悶的咚咚咚聲響，最後停在樓梯下，脖子呈 L 形的扭曲。

陶蒂蒂再次發出駭人的尖叫聲：「要不要玩手手？還是要玩捉迷藏？」她兩肢義肢，此刻變成了二隻木頭做的假手，在她的胸前快速的變幻著姿勢玩弄，完全對那群出現在家裏的兇神惡煞視若無睹。

「妳這妖怪害死了我媽和我哥！看我這次一定要摔死妳！」小姑抓狂的一把掐住陶蒂蒂的肩頭，將弱不禁風的她，死死的按壓在樓梯上，後來她發現陶蒂蒂輕到幾乎可以單手就將她給舉起，於是她回頭喚了她老公：「杵在那兒幹嘛？是不會過來幫我把她給扔下樓。」

雖然陶蒂蒂很輕，卻像隻野獸般激烈掙扎的讓人抓不住。

夫婿連忙過來幫忙，雖然他一點也不願意殺陶蒂蒂，但看在巨額的財產、下半輩子的幸福上，他還是硬著頭皮抓住陶蒂蒂掙扎骷髏般的雙腳，要將她給抬起來，依妻命要將她給扔下樓。

「陶蒂蒂，還記得嗎？You jump I jump.」

　　大家看向對面的牆壁，那聲音，居然來自被釘在牆壁上的卓明澔。這時，自他口裏再次發出同樣的話：「陶蒂蒂，還記得嗎？You jump I jump.」

　　小姑被嚇得驚聲尖叫，陶蒂蒂腳上硬邦邦的皮鞋鞋根，狠狠的踹向抓她腳的小夫婿，一道口子自小夫婿的仁中一路裂到左邊的臉頰，他摀住臉倒在地上慘叫；陶蒂蒂又用木製爪子一把向小姑的眼睛爪去，小姑的眼睛瞬間血流如注。

　　為了跳起舞有踢踏聲，陶蒂蒂在鞋跟加裝了鐵片；為了玩手手時會發出噹噹噹的聲響，木製的爪子上嵌鐵製指甲。

　　小姑跌跌撞撞的在走廊上亂吼亂叫：「那賤人害我瞎了，賤人瞎了我的眼睛——快點抓住她。」

　　「蒂蒂要玩捉迷藏…蒂蒂要玩捉迷藏…」

　　大姑和大夫婿已被一連串發生的事，嚇得目瞪口呆，像個木頭人般愣在原地。陶蒂蒂咚得逃之夭夭，溜下樓後就消失在迷霧裡。

　　小姑像個失控的陀螺站在樓梯邊緣，站在她身邊的大夫婿回神，忍不住的舉起腳往她的肚子一踢，小姑「啊！」的一聲兩手在空中一陣亂滑，隨即也掉下了樓梯，她的姊姊跑過來要抓住她，已經來不及了。

　　「你在幹嘛啊？」大姑兩眼瞪得渾圓，厲聲問丈夫。

　　「這樣就少了一個人分這些財產了不是？」大夫婿似笑非笑的回老婆，他也早就看小姑那對夫婦不順眼很久了，老是好吃懶做的賴在娘家當伸手牌的米蟲。

　　丈夫的話讓大姑震驚的一動也不動，她老公彷彿變成一個不認識的人，但也當頭棒喝的點醒了她，少一個，他們的財產就會多一份。

　　大夫婿這時站在小夫婿的面前，血流得整個胸襟都濕透的小夫婿掙扎的抬起頭看著他，痛得顫抖的音說：「痛…死了，可以…幫我叫救…護車嗎？」

　　「你站起來，」大夫婿好心的向他伸出手，小夫婿眼底流露出感激，把滿是血的手伸給大夫婿，大夫婿扶起他向樓梯走去。但他的步伐只到樓梯邊緣就停了下來，小夫婿不解的側過臉看了他一眼，大夫婿身子突然向後一縮，便順勢用力的將小夫婿也推下了樓，他像滾下去的雪球，最後頭去撞到牆角的大花瓶才停了下來。

　　大姑冷眼看著自己的家人，被丈夫一個又一個的推下幾乎有三層樓高的樓梯下，卻只是瞪著雙眼完全沒有阻止。

　　孫玟萱張口結舌的看著樓上慘不忍睹的廝殺，還有那個半吊著的卓明澔究竟還是不是一個人吶？怎麼都被釘死在那兒了，竟然還會說話？

　　孫玟萱這時認出了那個巨大的藝術品是真理之石的仿製品，聽說說謊的人只要把手伸進那個洞口，就會被那漆黑的嘴巴給咬斷。卓明澔被掛在那張嘴的前面，是在暗示他是個騙子嗎？

　　孫玟萱隱隱約約看到陶蒂蒂在消失的雲霧裡，好像有多個人影在走動，但她看不清那是誰？該不會青河也在外面？孫玟萱起身追了上去。

寄偶鎮
一絕跳不下的往生者

第 15 章

該聽在地人的話

孫玟萱驚魂未定的衝出豪宅。為了謀財，死了三個，還有一個釘在牆壁上，不知道是人抑或是鬼？還好青河沒有待在那裏，不然以那家人發起瘋來兇狠的程度，不死也會被他們害到傷殘吧。

孫玟萱心有戚戚的快步走在迷霧中，或許根本就找不到青河了，她現在連自己身在何處都搞不清楚，眼前除了霧，還是霧。

一道男人怒斥聲震天的自霧裡衝出吸引了孫玟萱的注意。

「妳這蠢婦！」啪啪啪啪…「成天在家閒閒沒事幹，飯還煮得這麼難吃？沖三小？」

又是啪啪啪啪。

女人尖叫：「不要打我，求求你，你是不是又喝醉了？」

「老子喝酒妳管得著嗎？我聽我媽說，妳又跑去雜貨店找阿祥了對不對？」

「我沒有！顧孩子、買菜煮飯、做家事，我哪來的時間去找阿祥，頂多在雜貨店碰了面時打個招呼也不行嗎？」

「對！不行？」男人揚起手又是啪啪啪：「妳這賤婦還敢說沒有去找他？妳以後不准去雜貨店了，妳聽到了沒有。」

「我是去買雜貨不是去找他，你為什麼聽不懂？不去雜貨店，到底要去哪裡買東西蛤？你不要再無理取鬧了行嗎？不要什麼都聽你媽的可以嗎？」女人哭喊得更犀利。

啪——更大一聲巴掌：「妳居然敢對我媽不孝？不聽她的，要聽妳滿口的謊話嗎？」

女人被打得一陣頭昏腦脹，她痛苦的哽咽說：「一天到晚喝酒打人，你乾脆去死算了。」但這話一出，她就開始後悔了。

「放開，你究竟想要幹什麼？」女人尖叫後，又是一陣拳打腳踢的乒乓聲。

孫玫萱心駭的引領諦聽，好嚴重的家暴！她快步想走去查看清楚，走沒兩步，就聽到女人最後的慘叫：「大家快跑啊！」

男人怒吼：「誰敢給我跑，誰都不准跑出去——」

隨即一聲轟天巨響，震得連孫玫萱都震倒於地。她抬眼，駭然看著燃燒於濃霧中的熊熊大火，火苗嗶嗶剝剝兇狠的迅速往上竄升，嗆鼻的濃煙跟著飄來。

炙熱的火焰好像把整座森林的濃霧也慢慢蒸發了，一棟房子的雛型隱約出現在濃霧後面，但迷迷濛濛中還是看不是很清楚？此時又來了一陣大霧，孫玫萱滯住了腳步根本分不清了方向，整座森林頓時又恢復成一片的死寂，大火和濃煙，也瞬間被某個森林的黑洞給吸得無影無蹤。

寂靜讓孫玫萱身子一震，這麼大的山林居然詭異的連個蟲叫聲都沒有，剛剛那戶人家為何氣爆後，就連同大火一起消失的無影無蹤？靜得讓人毛骨悚然，她慢慢的向後退，金婆婆的話在耳邊迴盪：那座森林晚上的路和白天的不太一樣。

111

現在她才開始後悔不聽在地人的話,轉身想往回走,前面竟乍然出現一條涓涓的河流!

她駭然停住腳步,就只差那麼一步,她就掉到河裏去了!

這河好像突然從天上掉下來的一樣,就這麼陡然的出現。河水還十分湍急,掉下去很有可能就會被沖走。這時霧莫名的散了,月華竟也霍地照得河面一片的波光粼粼。

她定睛看向河的對岸,在一顆大石頭下,好像卡了什麼東西?那東西像淡綠色的一塊破布,但又好像不是?因為在它的末稍,有些破碎的裂支,像極了招喚人的手在那兒一上一下的飄啊飄!

孫玟萱本想趁現在沒有霧了快點走,卻還是忍不住又向石縫上的破布掃了一眼,身子怵然一顫,這回石頭旁還多了一顆烏漆漆如頭顱的物體,上面是不是有一顆如鬼太郎的大眼睛,正怨念很深的瞪著孫玟萱看?孫玟萱覺得全身的毛瞬間全掉在地上。

那是一個人嗎?他卡在那裏的姿勢…是不是死了啊?

毛髮直豎!孫玟萱啟動腳步只想快速的離開河岸,但不論她怎麼走,那條河水的湍流聲,就是纏繞在她身後,纏得她心煩意躁只得轉身,她居然再次只差一步就掉入湍急的河裏,那顆卡著詭異眼睛的石頭,依然在她的正前方不遠處!

那死不冥目的眼睛,好像跟定她了!她遇到鬼擋牆了嗎?

看來，她沒過去查看究竟發生了什麼事，那顆眼睛，似乎是不會放過她。

孫玟萱吞吞口水，只得硬著頭皮踩向凸出水面的石頭，石頭竟意外的軟而綿，感覺好像踏在乳膠枕頭上。她向著那顆對岸裸露的大石頭小心翼翼走過去。腳下石頭上長滿了已泛黑的青苔，但出乎意料之外的一點也不滑，那些青苔下隱約透著粉紅色的不明物體，而且成排通到對岸，像極了刻意被佈置上去的庭園設計。

孫玟萱站在最靠近大石頭的地方，就已對卡在石縫中的物體一目瞭然，淡綠色的上衣之下，原來隨波招喚人的，是一隻被水泡的殘破不堪的手；而那張臉上剩下的一顆眼睛，真的骨溜的直瞪著她不放。

那是具屍體嗎？但更像是個泡得半爛的人偶！

那究竟是什麼？為什麼會以那種姿勢卡在那種地方？

第 16 章

鬼 嬰

一時驚慌，孫玟萱頓時亂了手腳，忘了自己站在水中央，腳一滑，整個人向後跌於水中。索性水一點也不深，她連忙站起想離開水面，剛剛被她踩在腳下的石頭，就在此時一個個赫然翻了個身，變成一具具蜷著身子、如同在子宮的嬰兒，而且全都是女嬰！

原來她踩的泛黑色青苔，是那些女嬰後腦勺上的頭髮！好髒啊！孫玟萱連腳指頭都一陣的噁心發麻。

水中嬰兒的臉開始產生變化，乍然變成鬼娃恰吉的恐怖笑容對著她，她沒想到它們是活的！孫玟萱害怕的驚聲尖叫了起來，終於不顧一切的向岸邊跑去，腳下的水卻宛如有千斤重拖住了她。她變得舉步維艱的幾乎動彈不得，水勢也突然變得更加的湍急，沖得她再次倒於河中。

那些詭異嬰兒都瞬間被大水給沖走了，她駭然的拍打著水面，不想跟著大水給沖到下游去，腳卻好像有東西一直將她往下拖，她驚慌失措的頻喝水，水面突然發出啵啵啵的聲響，嬰兒的鬼臉此時竟一一在她眼前冒出，她噁得身子向後一縮，亂了手腳又喝了好幾口水！滿口的屍水，充滿著難以置信的腐爛味。

她逃無可逃，更多女嬰浮出頭，她們不由分說的便伸手抓住孫玟萱的胳膊和肩頭，高分貝的喊著：「媽媽—媽媽—不要淹死我們——」

「放開我！我不是妳們的媽媽！放開我——」她拔開一隻隻畸形的小手爪，但寡不敵眾，很快又被壓入水中，她驚慌失措的一陣亂踢，但沒有用，小手將她越拉越下，直到她筋疲力竭的再也不能滑動，昨晚胃裡未消化的松茸自嘴裡吐出，它們變成晶瑩剔透的光芒浮在水面上。

此時天空突然作白，籠罩著整片森林的濃霧也瞬間消失的無影無蹤，鬱鬱蔥蔥的森林、巍峨的群山和藍天白雲，一隻梟鷹在她頭上盤旋，雄偉嘹亮的叫聲，在天穹裡劃過，像在唱明世界該恢復成原本的模樣了。

一股氣頓時打進孫玟萱的肺裡，她全身抽搐搐、吐出好幾口水後連忙坐起身，詫異看著自己躺著的地方。清澈的河水，正涓涓的不斷的往下游流著，而且水深只到她的腳踝！

她心有餘悸的再往水裏查看，除了幾條魚悠哉又飛速的游過她身旁外，什麼都沒有，連剛剛那顆大石頭，也變成普通的大石頭，那具卡在上面向她揮手、瞪她的屍體也消失無蹤。

離開河流，她狼狽的快步走回金婆婆的家，卻發現那條通往活動中心的老街山路，原來就在前面咫尺而已，自金婆婆家追青河出來後，她完全不記得自己曾經走過什麼地方？

想起昨天金婆婆一大早通常都會跑到活動中心附近的田種菜，想必現在應該也在那裏吧？她現在最想見的人，就是活人，她還想順便問金婆婆，他兒子的租屋處究竟在哪裡？

　　走下山她終於來到了熟悉的那條老街上，天剛初曉，所以街上依舊沒有半個人，料峭的冷風吹得她一陣顫抖。

　　「依歪～依歪～」奇怪又緩慢的輪子轉動聲，突然自正前方傳來，孫玟萱卻只聞聲，卻什麼東西都沒看到。一整晚歷劫歸來，她猶豫著要不要再前進時，一輛水藍色的兒童三輪車、慢條斯理的自街角冒到孫玟萱的眼前。

　　孫玟萱詭異的緊盯著三輪車上一個人也沒有，腳踏板卻一上一下規律的轉動。是斜坡造成它滾動的嗎？

　　一個長髮過肩、身著白色睡袍的孩子，貿然的站在圍牆的後面，孫玟萱愣愣的看著他，他也瞪著孫玟萱看，兩顆幽黑無比的眼眸，像星星一樣的明亮。

　　原來是金婆婆說的那個癌末的小男孩，竟然一大早就跑到外面玩腳踏車！削尖的下巴抵在瘦骨嶙峋的胸口上，孫玟萱這時才發現他衣袍的下擺一片黃綠色的污漬，透過光線，污漬發著奇怪的螢光色。

　　「阿武啊！」兇狠的怒罵聲自阿武身後的房子傳過來，兩人視線看向聲音出處，不待阿武反應，一個阿嬤已經衝到他的面前，手持一根又細又長的藤條，往阿武身上一陣的毒打。

　　「叫你乖乖睡覺，你就老是一大早偷偷跑出來玩？又給恁祖媽尿床尿得到處！看我打死你！」

　　阿嬤越打越兇狠，阿武掙脫了她的手向孫玟萱跑了過去，最後竟躲在她的身後。

　　被阿武摸到的瞬間，沁入皮膚的冰涼感由下而上的傳導而來，還有一股刺鼻的尿騷味參雜著可怕的藥味。

　　「拍謝啦…」阿嬤給孫玟萱一個不好意思的表情後，立刻變回猙獰無比，低頭去抓孫玟萱身後的阿武：「你這死囝仔，給我出來！回家！」

　　她擰著阿武可憐的小耳朵，硬是將他給拖著往回走：「回家後看恁祖媽怎麼教訓你…」

　　「嗚～我不要回家…我不要回家…」阿武尖叫哭著：「我要媽媽～我要找媽媽～」

　　「你爸媽早就都不要你啦，恁祖媽還要養你，你就該謝天謝地了！」

　　「不要阿嬤！我要我媽媽～要媽媽啦～」

　　小時候的影子，乍然浮現於眼前，阿武的哭喊聲，讓孫玟萱的心裏湧上一陣酸楚。又是一個永遠也等不到媽媽的可憐孩子。

　　阿武再次掙脫阿嬤的手，卻在地上一個慘跌，阿嬤看他反抗，氣得手中的藤條再次不顧一切的打在嬌小瘦弱的病孩子身上，他頭上的假髮咻得掉在地上。

「你怎麼不乾脆快點病死蛤？不要再折磨我了行不行啊？」

阿嬤發了瘋的打，阿武哭得身子一陣抽搐，開始狂吐了起來，吐在地上的東西竟黑麻麻的一團。

孫玟萱再也看不下去了，向前一把推開阿嬤，怒吼：「妳到底打夠了沒有蛤？」

她抱起嬌小的孩子，幾乎感受不到他的重量，只聞到他渾身臭得令她作嘔的氣味，但孫玟萱咬起牙往山下走，他在她懷裏睜著水靈靈的大眼睛仰望著她。

「喂！」阿嬤在她身後氣憤的大喊：「妳究竟想要帶他去哪裡？」

孫玟萱頭也不回的回答她：「我要帶他到金婆婆那兒。」

「不准——」老婦人前所未有的生氣，跑到孫玟萱的面前擋住她的去路。

孫玟萱心一狠，瞇起眸子冷冷的問阿嬤：「或許我更該打電話報警說妳虐待兒童？妳自己看著辦。」

阿嬤沒想到孫玟萱會這麼威脅她，凌人的氣勢頓時縮了許多，她頷首畏怯的看著孫玟萱抱著孫子越過自己。

第 17 章

那首童謠

「等一下…」阿嬷在孫玟萱的身後叫住了她。

孫玟萱回頭看著阿嬷。

「妳不要把阿武帶去金婆婆那啦！」阿嬷臉上滿是為難，這個村鎮的鎮民，好像都很尊敬金婆婆，金婆婆像是他們的首領。

「不然我該把孩子留下來被妳給打死嗎？」孫玟萱不打算理她繼續往前走。

阿嬷不可思議的看著靜靜縮在孫玟萱懷裏的阿武，他向來是個怕生的孩子，這回居然不怕孫玟萱，還緊抓著孫玟萱的手臂。

「偶不會再打阿武了，真的。」阿嬷十分誠懇的說，孫玟萱也聽得出她語氣裡的自責，這麼毒打自己的孫子，想必她這下從氣頭上醒了之後，心裡一定也很難過。

孫子病得那麼重，他的父母竟然完全不理不睬，丟給她老人家一個人顧，年紀大了負荷不了孩子病痛中的無理取鬧，一定也承受了不少的精神壓力，才會那樣失控打孩子。

孫玟萱輕輕嘆了一氣，雖然情有可原，但她更應該把孩子帶走，那樣也可以讓阿嬷暫時喘一口氣，疏緩一下情緒。

「阿嬷，妳還是休息一下，晚一點妳再過來把孩子帶走。」孫玟萱回頭說。

　　阿嬤的眼眶濕紅，有些哽嚥的說：「他的病很重很重，要吃的藥很多，就算是金婆婆也拿他沒有辦法啦！偶不想給金婆婆製造麻煩啦！妳還是把他還偶比較好，偶真的不會再打他了啦！」

　　阿嬤越說孫玟萱越不捨他們祖孫倆，想了一會，低頭對懷裏冰冷無比的阿武說：「阿武乖乖，回去阿嬤那裡好不好？」

　　阿武扁起嘴搖頭，眼淚擠出他深邃的眼眶：「阿嬤好兇，不要…」

　　阿嬤向他們這邊走來：「阿嬤不會打你了，幫你洗完澡，給你棒棒糖吃好不好？」她向阿武伸出手，阿武竟整個鑽進孫玟萱的肩窩裡。

　　「你再不洗澡，尿尿臭臭又濕濕的會感冒，等會兒又要發燒打針囉！」阿嬤的音量又開始因為不耐煩而大聲了起來。

　　孫玟萱無耐的說：「不然阿姨幫你洗澡好嗎？」

　　「啊？」阿嬤很驚訝的看著孫玟萱：「不…不用啦，怎麼好意思麻煩妳啦…」她伸手要將孫玟萱懷裏的孩子抱走。

　　「沒關係，反正我現在也沒事。」孫玟萱堅持的說，看向路旁的那棟兩層樓房：「阿嬤是住這裡嗎？」

　　阿嬤苦笑的對她點點頭，只好帶著孫玟萱一起進屋子裏。屋子裏一片雜貨堆得四處都是，經典的獨居老人的生活方式，滿地都是阿武的玩具。他們一路來到後面的浴室。

　　狹小的浴室充滿著霉味、尿騷味，還有濃濃的藥味，應該全是來自於阿武吃的藥。阿武終於肯自孫玟萱的懷裏下來，溫順的站在孫玟萱的面前。

　　阿嬤介紹了一下浴室的用具使用方法，放了一套阿武的衣服在欄杆上後，就離開了。

　　「阿姨幫你把這髒髒的衣服脫下來，洗熱熱的澡好嗎？」孫玟萱睨著他說，從他緊盯著她不放的殷切眼眸裡，他該不會是把她錯認成自己的媽媽了吧？

　　看著小小的軀幹，被病痛折磨的骨瘦如材，光滑的頭上，一根頭髮都不剩。孫玟萱不捨的鼻子一酸，上帝怎如此殘忍？讓他被生下來，又在他那麼脆弱的時候，打算奪走他的生命。

　　她伸手撫摸他的臉頰，她能夠想像他有多麼想念自己的媽媽。若是他的父母在他身邊支持、陪伴著他，在這短的不到十載的人生最後路程上，他應該不會這麼難過、這麼害怕的。

　　眼淚不禁滑落而下，孩子卻懂事的問她：「阿姨是不是也痛痛？」

　　孫玟萱連忙將眼淚給擦掉，給他一個燦爛的微笑：「沒有，阿姨只是覺得阿武好乖、好勇敢。來，我們快點洗澡吧。」

　　小時候幫青河洗澡的畫面又一幕幕浮現在孫玟萱的眼前，多麼懷念的幸福時光！卻已成了轉眼即逝的過往了。

　　阿武邊洗，嘴裏就不斷哼著那首她第一天遇到他時唱的歌：
「來、來、來這寄偶鎮，寄下你放不掉的思念……」

　　這是一首本地童謠嗎？孫玟萱疑惑的聽著他輕唱的歌詞。

　　　　　　　　　　　　　　　　　　……待續

國家圖書館出版品預行編目資料

寄偶鎮－給放不下的往生者／六色羽　著. —初版.—
　臺中市：天空數位圖書　2020.04
　　面：公分
　　ISBN：978-957-9119-77-1（平裝）

863.57　　　　　　　　　　　　　109006053

書　　　　　名：寄偶鎮－給放不下的往生者
發　　行　　人：蔡秀美
出　　版　　者：天空數位圖書有限公司
作　　　　　者：六色羽
校　　　　　對：瑪加烈
製　作　公　司：璞臻有限公司
　　　　　　　　龍騰有限公司
版　面　編　輯：採編組
美　工　設　計：設計組
出　版　日　期：2020 年 04 月（初版）
銀　行　名　稱：合作金庫銀行南台中分行
銀　行　帳　戶：天空數位圖書有限公司
銀　行　帳　號：006-1070717811498
郵　政　帳　戶：天空數位圖書有限公司
劃　撥　帳　號：22670142
定　　　　　價：新台 270 元整
電子書發明專利第 I 306564 號　　　　　　版權所有請勿仿製
※　如有缺頁、破損等請寄回更換

紙本書編輯印刷：
電子書編輯製作：
天空數位圖書公司　E-mail：familysky@familysky.com.tw　http://www.familysky.com.tw/
地址：40255台中市南區忠明南路787號30F國王大樓　Tel：04-22623893　Fax：04-22623863